KING

Título original: *The Paris Secret*

© 2018, Lily Graham. Primera edición publicada en el Reino Unido por Storyfire
   Ltd, bajo la marca Bookouture.
© 2023, de la traducción por Josep Escarré Reig
© 2024, de esta edición por Antonio Vallardi Editore S.u.r.l., Milán

Primera edición en esta colección: junio de 2024
Tercera edición en esta colección: octubre de 2025

Newton Compton Editores es un sello de Antonio Vallardi Editore S.u.r.l.
Pl. Urquinaona, 11, 3.º 1.ª izq. Barcelona, 08010 (España)
www.newtoncomptoneditores.com

Gruppo editoriale Mauri Spagnol S.p.A.
www.maurispagnol.it

ISBN: 978-84-10080-43-0
Código IBIC: FA
DL: B 4.872-2024

Diseño y composición de interiores:
David Pablo

Impreso en octubre de 2025 en Puntoweb s.r.l., Ariccia (Roma), en Italia.

Lily Graham

El secreto de la librera de París

Traducción de Josep Escarré

Newton Compton Editores
Barcelona, 2024

Para mamá y papá, con amor

Capítulo 1

La anciana del tren no parecía el tipo de persona que guardara un oscuro y ardiente secreto en el fondo de su pecho. Esa clase de secreto que se retorcía en torno a su corazón, apretando más fuerte que un puño, a punto de estallar.

Y, sin embargo, así era.

Un secreto que, si se atreviera a susurrarlo, dejaría sin aliento a más de uno de los desconocidos que había a su alrededor, incluso ahora, después de tantos años.

Desconocidos que jamás se habrían imaginado que tal cosa pudiera esconderse detrás del rostro ajado de la mujer que se sentaba junto a la ventana azotada por la lluvia, con un chal de cachemir de color burdeos ceñido al cuello y los dedos rojos, nudosos y doloridos por la repentina oleada de frío.

Los jóvenes no suelen pensar esas cosas sobre los ancianos. No ven las cicatrices que ha dejado el tiempo, el dolor, la alegría. Solo ven el rostro inexpresivo de la vejez.

Ciertamente, la chica de pelo oscuro y ojos cansados con el abultado maletín del ordenador portátil rebotando contra su cadera, que se había ofrecido a colocar la maleta de la anciana en el portaequipajes encima de los asientos, no se había parado a pensar en ella en ese sentido. Si algo había pensado era que se trataba simplemente de alguien que tal vez necesitaba que le echaran una mano o de alguien que difícilmente se opondría a que ocupara el asiento libre que había a su lado, donde pensaba revisar, con relativa tranquilidad, las notas para la charla que debía dar al día siguiente. Prometiéndose, como hacía todas las semanas, que había llegado el momento de que se buscara otro trabajo.

La maleta de la anciana era de color azul cobalto y estaba pasada de moda, cubierta de adhesivos de lugares lejanos. La chica se colocó el lustroso pelo sobre el hombro, apretando los dientes mientras levantaba la maleta hasta el espacio vacío que había sobre los asientos, valiéndose del codo para que no resbalara y casi arrepintiéndose de haberse ofrecido a ayudar cuando la maleta estuvo a punto de caer sobre su cabeza. Murmuró una palabrota y luego se aclaró la garganta cuando la anciana la miró con el ceño fruncido, haciendo un torpe intento de levantarse para echarle una mano.

—Ya está, no se preocupe —dijo, esbozando una sonrisa.

Finalmente, la chica alzó la maleta, la colocó entre una enorme lata de chocolatinas y una bolsa de lona gris y se sentó, con las mejillas sonrosadas y resoplando por el esfuerzo.

—Pesa más de lo que parece... No me diga que está huyendo con las últimas joyas de los Romanov...

Los ojos verdes de la anciana se iluminaron.

—Solo son recuerdos. Cuanto más envejeces, más pesados son. Sobre todo cuando los enmarcas.

La chica se echó a reír, mostrando unos dientes blancos y perfectos.

A su alrededor, la gente seguía subiendo al tren que partía de Moscú, con los cristales de las gafas empañados a causa de la alta temperatura del interior, arrastrando maletas con ruedas y con los rostros contraídos en una mezcla de entusiasmo y resignación, propios de la mayoría de quienes deben afrontar un largo viaje que, como ese, terminaba en París.

A través del altavoz, una grabación anunció que el tren partiría dentro de pocos minutos.

La chica se acomodó en el asiento y se frotó el cuello, víctima de las almohadas duras como un ladrillo del deprimente hotel que le habían reservado cerca de la oficina de Moscú. Abrió el ordenador portátil y se puso los auriculares, que pensaba usar para sofocar cualquier distracción mientras se concentraba en su tarea. Pero entonces frunció el ceño: a su pesar, sentía curiosidad mientras pensaba en lo que había dicho la anciana. Se volvió hacia ella, con una pregunta en la punta de la lengua.

—¿Viaja usted con sus fotografías?

La mujer asintió con la cabeza, y un mechón de su fino pelo blanco se soltó y le cayó sobre la nuca; se lo colocó detrás de la oreja con una mano ligeramente temblorosa. Sus uñas tenían la forma de un perfecto óvalo redondeado y eran de color perla. Desprendía un sutil olor a un perfume floral, agradable y caro.

—Me gusta tener cerca de mí a las personas que he amado donde sea que vaya.

Fuera cual fuera el comentario frívolo que la chica pretendía hacer —algo como que en un futuro debería pasarse al formato digital—, murió antes de que llegara a sus labios porque las palabras de la anciana habían salido de lo más profundo de su corazón: el dolor inconsolable por la falta de alguien a quien quizás nunca volveremos a ver, para ella muy real teniendo en cuenta que su madre había fallecido dos años atrás. Se mordió el labio inferior para reprimir la emoción y entonces dijo:

—Puedo entenderlo... El hogar dondequiera que vayas... Resulta muy agradable.

La anciana asintió.

–Sin embargo, no es exactamente lo mismo. Me imagino que esa es la razón de que ahora vuelva a París después de tantos años. Aún no me lo creo.

La chica detectó el rastro de un acento inglés mezclado con algo más, posiblemente francés.

–¿Su casa está en París? –preguntó–. Soy Annie, por cierto.

–Valerie –contestó la anciana, con una de esas sonrisas que transforma algunos rostros, dejando ver a la joven mujer que se esconde detrás del paso del tiempo. Acto seguido respondió a la pregunta de Annie–: Sí, supongo que mi casa está en París, aunque he pasado la mayor parte de mi vida lejos de allí. Durante estos últimos años, después de la muerte de mi marido, he estado viajando. Siempre había deseado conocer Rusia, y, en fin, me dije, ¿por qué no ahora? Aunque antes estuve aquí y allí: Praga, Estambul, Marruecos... Pero sí, cuando lo pienso, París siempre será mi hogar. Es curioso, ¿verdad?

Annie se encogió de hombros.

–Siempre he vivido en el mismo sitio, o sea que mi hogar será siempre una casita en el campo de Kent –dijo–. Supongo que resulta mucho más fácil cuando eso es todo cuanto has conocido. No puedo imaginarme vivir en París; me parece algo increíble. *Baguettes* a cualquier hora, cruasanes, cafés junto a calles empedradas, la moda... –Lanzó un suspiro, con los ojos chispeantes, imaginándose lo romántico que sería vivir en la Ciudad de la Luz... y el amor–. Siempre he querido armarme del valor para mudarme allí. Puede que algún día...

La anciana asintió.

–Yo tampoco podía imaginármelo cuando tenía tu edad y me trasladé allí sola. Estaba realmente aterrorizada y pensaba que nunca encajaría en la ciudad... Yo no era exactamente alguien muy popular. Por desgracia, era ayudante de biblioteca... hasta la médula: generalmente llevaba unos toscos zapatos de cuero y faldas de pana.

Annie sonrió.

–Eso ahora está de moda... Es un poco de empollona guay.

Valerie se rio entre dientes con una especie de risa gutural que enmascaraba su edad.

–Dígame, ¿qué la decidió a mudarse a París? –preguntó Annie.

Los dedos de la anciana jugaban con un anillo de sello que llevaba en la mano izquierda.

–Estaba desesperada por conocer a mi familia, y esa necesidad, al final, pudo más que el miedo.

El tren se puso en marcha y la estación pasó zumbando entre una nube de color azul grisáceo de hombres y mujeres que corrían hacia sus destinos que se transformó repentinamente en el verde y dorado del campo. A través del altavoz anunciaron que se podía tomar un tentempié en el vagón central, con una selección de platos fríos y calientes.

Annie se moría por seguir escuchando, pero se dio cuenta de que Valerie miraba hacia atrás y sugirió:

–¿Un café? Puedo ir a buscarlo para las dos.

–Eso sería estupendo –dijo Valerie. Abrió la cartera y le tendió un billete–. Solo, por favor. Invito yo.

–Muchas gracias –contestó Annie.

Mientras Annie se abría paso entre codos y rodillas en una desesperada busca de una dosis de cafeína, Valerie pensó en el pasado. ¿Cómo podría no hacerlo cuando, después de todo, de eso se trataba ese viaje? Por fin, después de tantos años, estaría de vuelta donde todo había empezado, donde su vida entera había cambiado.

Una parte de ella no podía evitar notar la misma inquietud que había sentido de joven cuando había hecho por primera vez un viaje parecido a este, más de cuarenta años antes. Volvió a girar el anillo, una joya llamativa de mal gusto hecha de latón, un gesto nervioso que era incapaz de remediar.

Annie volvió y le tendió una humeante taza de café solo, tal como ella le había pedido. Luego se quedó mirando el anillo que Valerie había estado girando, pero no hizo ningún comentario.

Al ver dónde había posado la mirada Annie, Valerie se encogió ligeramente de hombros.

—Hace mucho tiempo perteneció a mi abuelo. En realidad es horroroso, pero aun así le tengo cariño, porque era suyo —dijo, con una risita hueca, tomando un sorbo de café.

Annie cerró el ordenador portátil y también tomó un sorbo de café. A pesar de querer revisar su trabajo con la mejor de las intenciones, sentía curiosidad por la mujer que estaba sentada a su lado. Llamaba su atención, por así decirlo. Siempre la habían fascinado la gente y sus historias, y a veces, como ahora, era algo superior a sus fuerzas.

—Antes ha dicho que se mudó a París porque quería conocer a sus familiares. ¿Eran franceses?

Valerie asintió.

—La Segunda Guerra Mundial nos separó cuando yo era apenas una niña. Me llevaron a Inglaterra para vivir con un pariente lejano. Me dijeron que era por mi seguridad. Nunca me reuní con mi verdadera familia, no hasta mucho después de haberme convertido ya en una mujer adulta.

—Lo siento —dijo Annie, que no podía imaginarse lo terrible que debió de haber sido eso.

Valerie se encogió de hombros.

–Supongo que solo fui otra víctima de la guerra. Lo que muchos aún no han entendido, después de declarar tantas guerras, es que al final no hay vencedores de verdad… Solo hay víctimas, y lo siguen siendo hasta mucho tiempo después de que el conflicto haya terminado. Yo tenía poco más de veinte años cuando me enteré de que mi familia había sobrevivido. Bueno, en realidad, solo una persona.

–¿Y usted no lo sabía?

–No tenía ni idea. Me dijeron que todos habían muerto. Me crio una prima de mi madre. Para evitar confusiones innecesarias, me dijeron que la llamara «tía Amélie». Se había casado con un inglés durante la guerra, el tío John, y me fui a vivir con ellos. Me contaron que, después de que mi madre muriera, no había sobrevivido nadie más salvo Amélie. Cuando cumplí veinte años, ella pensó que tenía derecho a saber la verdad. Y es solo ahora que soy vieja cuando tal vez he empezado a entender por qué hicieron lo que hicieron. Pensaron que una mentira me ahorraría sufrimiento.

Valerie suspiró con tristeza.

–Para algunos, la verdad es una carga; una vez descubierta, ya no hay vuelta atrás, es como una caja de Pandora. Pero para mí fue todo lo contrario. Era un ancla en el pasado que me daba un sentido de pertenencia, aunque soportarlo resultara doloroso.

Annie se quitó los auriculares. Cuando los dejó junto al ordenador portátil, tuvo la sensación de que no volvería a abrirlo durante el resto del viaje.

–De modo que decidió ir a París en busca de su familia. Para descubrir por qué no le habían dicho que aún tenía un pariente que seguía con vida.

Valerie asintió.

–Estábamos en 1962, y aunque han pasado muchos años, todavía recuerdo dónde me senté cuando subí al tren en Calais. Aquel día no tenía el asiento junto a la ventana –dijo, con una risita–. Había nieve en el aire, y lo único que podía oír eran las palabras de Amélie en mi cabeza. «No lo hagas, Valerie. Por favor, no lo hagas». Pero debía hacerlo.

–¿No quería que fuera a su encuentro, aún después de habérselo contado? –preguntó Annie con el ceño fruncido–. ¿Por qué?

Valerie giró el anillo.

–Lo que pretendía era evitarme una decepción. Después de todo, había sido abandonada. No quería que se me abriera una herida que quizás nunca volvería a cerrarse. Pero yo no iba en busca de un cuento de hadas. Solo de la verdad. Tenía que saber por qué hicieron lo que hicieron. Por qué me mandaron a un país extranjero para que me criaran otros... En realidad, unos desconocidos, aunque estuviéramos lejanamente emparentados.

El tren avanzaba a toda velocidad mientas Annie se dejaba arrastrar al pasado por las palabras de la anciana, rodeadas por el color caqui y dorado del campo.

Capítulo 2

París, 1962

El silbato sonó cuando el tren entró en la estación en medio de una nube de niebla y frío. Valerie estiró el cuello para mirar por la ventana, más allá de la mujer que estaba sentada a su lado.

París.

No podía creer que estuviera allí, que finalmente lo hubiera conseguido.

Los pasajeros adinerados estiraron perezosamente sus extremidades y se pusieron los abrigos, las bufandas y los sombreros que se habían quitado horas antes en Calais.

–*Névé* –murmuró una anciana.

Nieve: Valerie podía olerla en el aire.

Se estremeció, embutida en su abrigo prestado, aunque en realidad eran más los nervios que el frío lo que la hacía temblar.

Su figura parecía aún más enjuta de lo normal con aquel pesado abrigo de *tweed* que le llegaba hasta los pies, sin forma, como una tienda de campaña, y que aún conservaba el olor de Freddy cuando se lo echó sobre los hombros. Lo aspiró: era una mezcla de loción para después del afeitado y algo que siempre, de algún modo, fue su hogar. Antes de embarcar en el ferri, él apoyo la cabeza en su frente y le dijo:

–No tienes por qué hacer esto, ¿lo sabes, verdad? Podemos vivir nuestra propia aventura aquí, solos tú y yo.

Ella asintió con un nudo en la garganta, porque tenía que irse. Si no lo hacía ahora, nunca lo haría.

Valerie cerró los ojos. Ahora, pensar en Freddy no la ayudaría. Debajo de aquel abrigo sin forma llevaba la fina chaqueta de punto rosa con un agujero en el codo izquierdo y los descoloridos botones de perlas que tía Amélie le había cosido cuando tenía trece años. Hasta ahora, Valerie no se había preocupado por la falta de estilo de aquella prenda.

Bajó del portaequipajes la vieja maleta de su tía, atada con una cuerda para evitar que se abriera. Delante de ella había una mujer con un pañuelo de seda elegantemente anudado al cuello; la miró de arriba abajo, como si examinara su raído abrigo y su tosca falda de pana marrón con algo parecido a la compasión. Valerie desvió la mirada, tocó la carta doblada que llevaba en el bolsillo del abrigo, notando la punta afilada del sobre –ahora ablandado y redondeado por sus dedos nerviosos– y sacó fuerzas de flaqueza: aquel era el motivo por el que estaba allí. No había tenido tiempo de conseguir ropa de moda, y además no podía permitírsela porque no tenía dinero. Eran tiempos difíciles.

Alzó ligeramente la barbilla; luego abrió la maleta, se quitó el abrigo, se puso otro jersey y se enrolló una bufanda tejida a mano alrededor del cuello. Si nevaba, quería estar preparada para ello. Aunque no estuviera preparada para afrontar nada más.

Además de la carta, él le había mandado un mapa. Fue un detalle por su parte; sin embargo, más adelante, también se dio cuenta de lo fuera de lugar que estuvo. Sintió una leve punzada en el corazón al pensar que el único pariente más cercano se viera obligado a enviarle un mapa para que ella lo localizara.

Aun así, a partir de ahora, volverían a estar juntos. Y eso era lo más importante.

El trabajo ayudaría. Tuvo más suerte que la mayoría. Además, el anuncio decía que no se requería experiencia, que bastaba solo con el amor por los libros. Bueno, esa era ella, ¿no? Como bibliotecaria capacitada y antigua librera, Valerie se lanzaba sobre los libros como algunas mujeres lo hacían en los brazos de los hombres: inopinadamente y sin chaleco salvavidas.

Incluso ahora, las palabras de Amélie resonaban en su cabeza.

–Pero Valerie, esta no es como una historia de uno de tus libros. No estoy segura de cómo reaccionará él cuando se entere. Vincent Dupont ha sido siempre un hombre voluble. Es posible que no reaccione como tú esperas cuando tú llegues.

En realidad, Valerie se decía que daba igual. Además, la gente que no leía pensaba que todas las historias eran cuentos de hadas. Y no era así. Las que no lo eran enseñaban en quién podía convertirse alguien si se esforzaba. Solo huyendo de lo que resultaba cómodo, seguro y conocido. Lo único que Valerie necesitaba en aquel momento era armarse de valor.

Cuando salió de la estación y dejó atrás a la muchedumbre, vio París por primera vez y experimentó una sensación de felicidad, como si una burbuja efervescente flotara bajo sus pies, haciendo que su paso fuera más ligero y audaz y ahuyentando la fatiga del viaje. A pesar del frío, el aire tenía un matiz dorado como el del champán que dotaba a los edificios de un resplandor de color rosa ámbar.

La última vez que había estado en París tenía tres años; corría con su tía hacia la salida de la ciudad. Si cerraba los ojos, Valerie casi podía recordarlo. Sus pies golpeando los adoquines; los ojos grises de su tía, llenos de preocupación, y la presión de su brazo contra el suyo, firme e implacable, incluso cuando protestó porque estaba cansada. Mientras corrían pudo ver a lo lejos a un grupo de soldados uniformados entrando en la calle. Amélie se detuvo de golpe y Valerie chocó contra sus piernas; entonces, su tía se dio la vuelta rápidamente y le dijo que guardara silencio, que debían seguir por otro camino. «Ya». Cuando Valerie vaciló, su tía tiró bruscamente de su brazo para que la siguiera. Valerie tenía los ojos llenos de lágrimas, pero su llanto era silencioso; solo hacía lo que Amélie le decía. «*Vite*». Deprisa.

Ahora, Valerie no sabía si se trataba de un recuerdo o si su mente lo había inventado después de que Amélie se lo contara, pero parecía real.

Tomó la Rue des Arbres y dejó atrás edificios con estatuas en las fachadas; cafés con sus mesitas que, incluso bajo el frío sol otoñal y los inesperados pronósticos de nieve, abarrotaban las aceras y dejaban en el aire el olor a *café noir* recién hecho y a *baguettes*, y el ruido de la gente.

Se dirigió a la zona de Saint-Germain-des-Prés, lugar de encuentro de artistas y vagabundos que en los últimos años había sido reivindicado por escritores y feministas, pensadores revolucionarios, bailarines y un variopinto crisol de culturas.

A pesar del mapa, pronto se sintió perdida mientras caminaba a lo largo del serpenteante curso del Sena, maravillándose ante todo lo que veía a pesar de no tener ni la menor idea de dónde estaba. Cuarenta y cinco minutos después encontró la librería, oculta entre un bistró y una floristería, en la Rue des Oiseaux. Se llamaba Gribouiller: garabato. Un toque de extravagancia que más adelante le pareció improbable en el mejor de los casos y sarcástico en el peor.

Vaciló frente a la pesada puerta de madera, de color huevo de pato, mirando a través del cristal en el que, con letras doradas aunque desvaídas por el paso del tiempo, estaba grabado el nombre del establecimiento. Giró el pomo de latón y la campanilla que había sobre la puerta tintineó.

En el interior, un haz de luz se filtraba por el escaparate, iluminando a un anciano cuyo pelo parecía de algodón. Estaba sentado en el extremo de un enorme escritorio de caoba repleto de libros, cartas y ceniceros llenos a rebosar. Se estaba fumando un cigarrillo y no levantó la vista; solo movió una mano muy fina, con los dedos de en medio manchados de marrón por el tabaco.

–Un franco los libros nuevos, cincuenta céntimos los viejos. Tómese el tiempo que quiera –dijo, con voz ronca.

Valerie vaciló, consciente del ruido pesado que sus toscos zapatos de cuero hacían al pisar el polvoriento suelo de madera. Con el corazón palpitante, se acercó cuanto pudo al escritorio mientras recorría con la mirada las filas de estanterías blancas hechas a medida y las desordenadas pilas de libros de bolsillo que se disputaban cada centímetro disponible de la tienda. Ahora ya no había vuelta atrás.

–*Bonjour*, Monsieur. Estoy aquí por el empleo.

–¿Empleo? –preguntó el anciano, con el ceño fruncido y sin dejar de mirar el libro de contabilidad que tenía ante él. Tras un parpadeo de sus ojos azules y legañosos, se quitó el par de anteojos metálicos que llevaba en la nariz y los colocó encima del escritorio lanzando un leve pero audible suspiro, reacio a dejar de lado su tarea.

–Como librera.

Finalmente, el hombre levantó la vista y se recostó en el sillón de color marrón. En uno de los lados tenía un desgarre que dejaba ver buena parte del relleno. Se detuvo a mitad de la calada de su cigarrillo y la miró fijamente a través de la nube de humo azul grisáceo con el ceño fruncido, como si lo que estaba viendo no le aclarara la situación.

—Eres inglesa —dijo, al cabo de un momento.

No era una pregunta, sino una mera constatación.

—Sí —respondió ella. No pudo evitarlo: su tono de voz sonó un poco más fuerte de lo que pretendía. Se aclaró la garganta—. Le escribí hace un tiempo —añadió, tratando de refrescarle la memoria, mientras una desagradable idea le revolvía el estómago: ¿lo había olvidado? Con dedos temblorosos, Valerie sacó la carta del bolsillo del abrigo con la intención de entregársela. No tenía más de una semana, pero la había manoseado, doblado y leído tantas veces que le parecía que ya formaba parte de ella.

El anciano frunció el ceño y volvió a ponerse los anteojos de montura metálica que había dejado sobre el escritorio. Luego se levantó del sillón con un gruñido y se acercó a Valerie arrastrando los pies para observarla detenidamente. Lo que vio no pareció impresionarle: ella se había quitado el abrigo, dejando al descubierto dos jerséis y una falda larga de pana marrón. Junto a sus zapatos de suela gruesa estaba su maltrecha maleta.

El anciano pareció fruncir aún más el ceño ante sus largos cabellos rubios y sus ojos verdes; luego, finalmente, asintió con un leve movimiento de la cabeza aunque no hizo la menor intención de coger la carta.

—Eres esa chica, la estudiante —dijo, resoplando, aunque sus ojos azules parecían un poco menos fríos que antes, pensó Valerie. Sin embargo, podría haber sido cosa de la luz. El anciano chasqueó los dedos manchados de nicotina, como para despertar el recuerdo en su mente, y una nubecilla de ceniza cayó al suelo junto a los zapatos de Valerie, cubriendo parte de su lustrosa superficie–. La... de aquel... trabajo.

–«Los desafíos de la venta de libros durante la guerra: un estudio de dos ciudades durante el bombardeo y la ocupación» –citó Valerie–. Sí. Soy Val... –Se interrumpió, apresurándose a corregirse en voz más alta–: Isabelle Henry.

–Le dio un nombre falso, esperando que él no se hubiera dado cuenta del error. Hablaban en francés; ella sabía que el anciano no podría haber hablado en otro idioma. Amélie se lo había advertido.

–Vincent Dupont –dijo él, mirando brevemente la mano extendida de Valerie con una ceja enarcada y emitiendo un leve soplido con los labios. Ella retiró la mano rápidamente y sonrió con torpeza.

Valerie lo miró fijamente, estudiándolo a fondo, desde su pelo blanco hasta su nariz aguileña de punta ligeramente abultada, pasando por sus penetrantes ojos, de un azul increíblemente claro, su espalda encorvada, sus pantalones beis, sus mocasines y el jersey de color esmeralda con parches de cuero en los codos, entre los cuales asomaba un libro de tapa amarilla y arrugado, apoyado en su cadera y medio oculto en el bolsillo izquierdo.

El anciano asintió levemente.

–Te enseñaré tu habitación; no es gran cosa –le advirtió, guiándola hasta unas escaleras que había detrás de su escritorio: conducían al apartamento del piso de arriba y a la diminuta habitación que ocuparía ella. Según el anuncio, disponía de una cama individual, un lavabo y una tetera. Esta última, intuyó Valerie, era la *pièce de résistance* que la convertía en una estancia de lujo. El té y el azúcar no estaban incluidos. Monsieur Dupont no gestionaba una institución benéfica. Pero a ella le daba igual. Por fin estaba allí, y eso era lo único que importaba.

A Valerie le dio un vuelco el corazón mientras lo seguía. La escalera tenía baldosas blancas y negras y ascendía en espiral. Reconoció aquellas baldosas y se vio a sí misma de niña, con un par de zapatos rojos que brillaban al sol, mientras jugaba a saltar los escalones. Aquel repentino recuerdo que había olvidado la dejó sin aliento.

«Un recuerdo de este lugar». Apoyó una mano en el muro para no perder el equilibrio, y al hacerlo se dio cuenta de que las paredes eran distintas: solían ser blancas, pero ahora eran grises y estaban desconchadas; les hacía falta una capa de pintura. Antes había un pasamanaos de bronce, pero ahora ya no estaba: había sido sustituido por una barata barandilla de plástico.

Ajeno al momento de conmoción y sorpresa de Valerie al darse cuenta de que ya había estado allí antes, Monsieur Dupont se volvió para mirarla, entrecerrando sus vívidos ojos azules de contornos rojizos.

–No irás a cambiar de opinión ahora, ¿verdad? Mandé que limpiaran el dormitorio. Te dije que dispondrías de una pequeña habitación en el apartamento que había sobre la tienda... En esa carta nunca insinué que sería como el hotel George V, estoy seguro –dijo, en un tono impaciente y cansado.

Ella sacudió la cabeza rápidamente y agarró la maleta hasta que los nudillos de los dedos se volvieron blancos, mostrándole al anciano lo que Freddy llamaba su sonrisa de megavatio.

–¡Oh, no! Es perfecta, muchas gracias. Es maravillosa.

Él la observó con cierta extrañeza por su excesivo entusiasmo.

–Aún no la has visto.

Ella se ruborizó ligeramente.

Monsieur Dupont giró el pomo de latón y la dejó entrar en un pequeño apartamento inundado por una luz que se reflejaba en un suelo de madera pulida en con un dibujo en forma de espiga. Había unas amplias ventanas que daban a las calles de París, con la Torre Eiffel al fondo, a lo lejos. Frente al salón estaba la cocina, con una mesa redonda y una pequeña estantería con unos pocos libros de recetas antiguos.

El anciano le mostró el baño y luego la condujo hasta una pequeña habitación, en la otra punta del apartamento. Giró la llave y abrió la puerta, empujándola ligeramente. Dentro, el aire olía a humedad y a cerrado. Había una cama individual cubierta con una colcha hecha de retales, un armario infantil, un pequeño lavabo un poco oxidado en un rincón, sobre un taburete bajo, junto a los pies de la cama, al lado de un ventanuco, estaba la famosa tetera, con una taza y una cucharilla. Si extendiera los brazos, Valerie podría tocar ambos lados de las paredes.

–Está bien, *merci* –le dijo ella.

Él emitió un gruñido de asentimiento.

–Antes de ponernos a trabajar dejaré que deshagas el equipaje. La tienda está abierta seis días a la semana, con un descanso para comer a las dos; luego, vuelta al trabajo desde las cinco hasta las nueve. ¿Algún problema?

Ella negó con la cabeza.

El anciano asintió y se dio la vuelta para irse; luego ladeó la cabeza, mirándola fijamente con el ceño fruncido. Ella se preguntó si tal vez por un momento, finalmente, la había reconocido. Pero entonces dijo:

–¿Pescado?

–¿Pescado?

–¿Lo comes?

Ella asintió. Y él se fue, diciendo:

–*Bon*, para cenar.

Valerie se sentó en la cama después de que él se hubiese ido, tratando de aplacar los latidos de su corazón mientras se quitaba la gruesa bufanda de lana y echaba un vistazo a la pequeña habitación.

Él no la había reconocido. Hubo un momento en que ella contuvo la respiración y pensó que se habría dado cuenta de quién era, de que habría visto algo familiar en sus ojos, en su sonrisa. Pero no había sido así.

Valerie respiró profundamente, reprochándose a sí misma sus ideas románticas. No la había visto desde hacía diecisiete años, y ella ni siquiera le había dado su verdadero nombre. Ahora sospechaba que, de haberlo hecho, cabía la posibilidad de que tía Amélie tuviera razón: la habría echado.

Capítulo 3

Londres, tres semanas antes

El anuncio para el puesto de librero en el Gribouiller era minúsculo, apenas tres líneas encajadas entre una oferta de trabajo en una fábrica de mermelada de Lyon y otra de sastre en Montmartre. Sin embargo, para Valerie era como si lo hubieran escrito en mayúsculas en la portada del periódico: el nombre de la librería había saltado sobre ella y su corazón se había paralizado.

Freddy le había quitado el periódico y lo había dejado sobre la mesa de madera algo pringosa que había en un rincón de su pub favorito, que siempre olía a sidra rancia y a huevos a la escocesa.

—No lo hagas —le advirtió.

Ella levantó la vista y sus ojos verdes se encontraron con los de Freddy, de color castaño oscuro. Valerie tenía esa mirada. Una mirada que él reconoció y que le hizo lanzar un gemido.

—Sabía que no debía enseñártelo —dijo Freddy.

Él había encontrado el anuncio por casualidad en un ejemplar de *Le Monde* de hacía una semana. Ahora se arrepentía de habérselo mostrado.

Ella esbozó una sonrisa forzada, a pesar de que a causa de aquel anuncio todo su mundo parecía venirse abajo.

—No te habrías atrevido.

Freddy hundió la cabeza entre las manos, alborotando su rebelde pelo castaño, más despeinado que de costumbre. Tenía un aspecto infantil que lo acompañaría hasta el fin de sus días. Fue eso lo que le convirtió en un buen periodista: nadie se lo tomaba en serio hasta que ya era demasiado tarde.

–No –admitió él.

Freddy era el primero en reconocer que, en lo que se refería a Valerie, mantenerse alejado y ver las cosas con perspectiva era un objetivo inalcanzable.

Ella apuró el resto de su cerveza tibia, hizo una mueca, se levantó y, con un saludo militar, se dispuso a abandonar el caluroso ambiente del pub.

–Necesito tomar un poco el aire para pensar en esto –dijo, apenas diez minutos después de que se hubieran sentado.

Freddy la miró, confundido.

–Bueno, entonces nos vemos luego, ¿de acuerdo?

Ella asintió, con aire ausente. Solo era capaz de pensar en las palabras del anuncio, que resonaban en su cabeza con el redoble de un tambor: se necesita un ayudante para la librería, debe gustarle la lectura, no se requiere experiencia, se ofrece habitación «con tetera».

Parecía una señal. Una puerta abierta.

Valerie salió del pub aturdida y caminó por las calles del norte de Londres bajo la lluvia. Pasó aquella noche redactando la carta, contándole a su abuelo toda clase de cosas excepto la verdad: su interés por la literatura francesa, su amor por la lectura, su deseo de vivir un año en el extranjero, la oportunidad que le daría ese empleo para completar su educación y el ficticio trabajo que estaba escribiendo sobre la venta de libros durante la Segunda Guerra Mundial. Apeló al orgullo francés del hombre, afirmando que ciertamente había sido más difícil durante el bombardeo de Londres que durante la ocupación de París... Algo le dijo, basándose en las historias de la tía Amélie acerca del temperamento de su abuelo, que aquel detalle le garantizaría al menos una respuesta, aun cuando fuera una rotunda negativa. Si finalmente él le decía que no, ya decidiría qué hacer.

Sabía que estaba pidiendo mucho, le había escrito Valerie, si decidiera aceptarla sin haberla entrevistado, ya que el viaje a París resultaba muy costoso teniendo en cuenta su sueldo de ayudante en la Biblioteca Británica. Le sugirió que podría trabajar gratis la primera semana, a prueba, ofreciéndose a cocinar a cambio de la habitación, información sobre la librería durante la guerra y el precio del billete para volver a casa en caso de no llegar a un acuerdo.

Esperó impaciente una respuesta durante una semana y media, abriendo el buzón todas las noches en cuanto llegaba a casa del trabajo. Sin embargo, nunca llegaba nada. Empezaba a perder toda esperanza.

Freddy la miró con incredulidad con sus enormes ojos castaños cuando ella le contó lo que había hecho.

–Oh, Val, ¡qué tonta eres! –le dijo, dándole un abrazo–. ¿A prueba? ¿De verdad pensaste que ese hombre aceptaría?

Valerie cerró los ojos y se apoyó en el brazo de Freddy, cubierto por un jersey de *tweed*. Se sentía estúpida. Él siempre le decía que vivía en un mundo de fantasía. Sin embargo, eso era lo que más le gustaba de ella: su eterno optimismo, la forma en que veía cómo podría ser el mundo y no cómo era realmente en algunas ocasiones. No obstante, eso significaba a menudo que la caída era mucho más dura. Muchas veces, en el pasado, él había estado allí para recoger los pedacitos de Valerie como su mejor amigo y vecino.

Ella había estado enamorada de Freddy Lea-Sparrow desde que era capaz de recordar, desde el día que su tía

Amélie se lo había presentado, con su rebelde mata de pelo castaño, su rostro bronceado y sus risueños ojos marrones. Un sentimiento que no había sido capaz de ahuyentar, a pesar de que él fuera varios años mayor que ella y que le rompiera el corazón cada vez que aparecía una nueva chica en su vida. Habían sido unas cuantas mientras ella se iba haciendo mayor.

Sin embargo, últimamente no había habido demasiadas, no desde que su trabajo como periodista en *The Times* se había vuelto tan exigente: no tenía tiempo para el amor cuando iba detrás de una noticia.

Pero ahora, al oír las palabras de Freddy, Valerie sintió que una losa le oprimía el pecho. Se preguntó si no sería el peso de su propia estupidez.

Evidentemente, su abuelo no aceptaría a prueba a una desconocida librera inglesa ni dejaría que se mudara a su apartamento. ¿Quién haría algo así? ¿Por qué hacer todo ese esfuerzo cuando simplemente podía contratar a alguien que viviera en París y a quien podría echar el primer día si las cosas no iban bien? Alguien que no le exigiera tanto.

Por eso no podía creerlo cuando aquella noche abrió la puerta del apartamento y encontró la carta esperándola en el buzón. La cogió y la abrió rápidamente.

23 de septiembre de 1962

Mlle Isabelle:
Con ciertas reservas, acepto sus condiciones. Me gustaría añadir que es un trato justo, aunque he aprendido que uno nunca debe decir cosas de las que luego podría arrepentirse. Si no queda más remedio, espero, como cuando uno se topa con un perro rabioso, conocer el tipo de persona capaz de pensar que vender libros durante unos cuantos bombardeos puede resultar menos agradable que hacerlo

durante la ocupación nazi de París. Considere mi oferta de trabajo temporal, pues, como un deber patriótico.

Sin embargo, debo advertirle que, en cuanto al empleo en cuestión, mis criterios son exigentes. Son criterios franceses, a los que no estará acostumbrada viniendo de una nación con tan pocos criterios para establecer cualquier valor. Así pues, no pienso que dure mucho en el puesto. No obstante, me han convencido de que sea magnánimo, ya que hasta ahora no he encontrado un empleado en esta ciudad, por lo que es posible que se produzca un milagro y podamos llevarnos bien, aunque tengo tanta fe en los milagros como en la cocina inglesa. Debo advertirle asimismo que el horario de trabajo es largo y que la paga está por debajo del salario mínimo. Si esto le parece aceptable, me complacerá proporcionarle una habitación (con una tetera). Debo insistir en que no puedo permitir que, como sugiere, se ocupe de «la cocina». Soy un hombre viejo que ya ha soportado bastantes cosas en su vida, y no me arriesgaré a probar la «cocina» inglesa en mi edad otoñal; estoy seguro de que mi constitución no sería capaz de resistirlo. Si está de acuerdo, espero verla la próxima semana en cuanto le sea posible. Adjunto un mapa.

Atentamente,

Vincent Dupont

Y así fue como, un frío martes, Valerie presentó su carta de dimisión en la Biblioteca Británica y, para sorpresa y consternación de su tía, volvió a casa para decirles que se trasladaba a París la semana siguiente para reunirse con su abuelo. Valerie sabía que si les enseñaba la carta o les contaba su plan de trabajar para él en secreto no conseguiría sino preocuparles aún más. Pero en realidad fue Freddy quien puso más objeciones.

—No puedes irte sin más.

—¿Por qué no?

Él puso unos ojos como platos.

–Y ¿si está loco? Parece un loco. Y arrogante, y también un poco mezquino, Val. ¿Qué pasará si te echa cuando se entere de quién eres? No tendrás dinero y te quedarás tirada en París. Simplemente no creo que sea una buena idea.

Ella miró fijamente aquellos ojos castaños que había amado la mayor parte de su vida y su mata de pelo rebelde. Habría hecho cualquier cosa por Freddy, pero esa no. No podía quedarse, ¡no ahora que por fin tenía la oportunidad de conocer a su abuelo! De saber cosas de su madre, de sus padres.

–Debo irme, ¿no te das cuenta? Es una señal.

–Solo era un anuncio.

–Que *tú* encontraste, Freddy.

Él hizo una mueca.

–No me lo recuerdes.

Ella le tocó el brazo.

–Todo irá bien.

Él lanzó un suspiro.

–Comprendo que lo interpretes de esa manera, como una señal, pero ¿por qué no lo haces con sensatez? No puedes salir corriendo hacia allí tú sola...

–¿Por qué no?

–Porque te podría salir el tiro por la culata. Él dejó que te fueras por alguna razón, Val. Sé que deseas este reencuentro de cuento de hadas, pero no creo que vaya a salir bien.

Las palabras de Freddy eran duras, parecidas a las mismas objeciones que le había puesto Amélie el día antes, y a Valerie le escocieron los ojos cuando él las pronunció. Pero para ella era mucho más importante que un cuento de hadas inventado. ¿Por qué no podían entenderlo?

–No voy en busca de un gran reencuentro ni para sustituir a quien ya tengo. Quiero a mi tía y a mi tío, me gusta mi vida en Londres. Esto lo hago por *mí*. Quiero respuestas, Freddy, quiero saber lo que me han ocultado durante toda mi vida y por qué. Simplemente no lo entiendes.

Freddy no lo entendía, y nunca lo haría. Sus padres habían vivido toda su vida en Simmonds Street, en el norte de Londres. Era un chico nacido y criado en Londres junto con el resto de su familia, que no residía lejos de su casa. Los parientes que vivían más lejos estaban en Edimburgo, y aquello era lo más exótico que conocía. Sabía todo lo que había que saber sobre sí mismo y su familia. Él pertenecía a ese sitio. Valerie, en cambio, era extranjera. Una chica que aún tenía el ligero acento de cuando llegó hacía unos años a casa de su tía, donde se hablaba más francés que inglés. En consecuencia, a pesar de que Inglaterra era el único país que Valerie conocía realmente, cuando fue a la escuela e hizo amigos siempre le habían colgado la etiqueta de chica francesa, aunque en realidad sabía muy pocas cosas sobre su país de origen.

Era un asunto que nunca la animaron a abordar.

–Eso forma parte del pasado –decía Amélie.

Cada vez que Valerie mencionaba París, su madre o la guerra, sucedía lo mismo: las únicas historias que Amélie compartía con ella acerca de su madre se remontaban a cuando ella era muy pequeña. A Valerie no se le ocurrió que era porque no la había conocido realmente para poder contarle más. Solo lo descubriría mucho más tarde, cuando la verdad plantearía más preguntas de las que su tía era capaz de responder: sobre por qué la habían mandado a vivir con alguien que a todos los efectos era una desconocida.

Algunos días se sentía verdaderamente inglesa, a pesar de que su sangre no lo era. Su afición a los libros, sus intereses, sus amigos eran ingleses, y ahora estaba en casa, aunque de vez en cuando había momentos en que no se sentía así: cuando la mentira penetraba a través de sus oídos al escuchar música francesa o el sonido de la voz de una mujer, sentía una punzada en el corazón y se imaginaba a su *maman*. Una mujer que le habían dicho que olvidase, una mujer que le habían recomendado mantener en el pasado. Pero ¿cómo podía olvidarse de su propia madre? ¿Cómo podía dejar de intentar descubrir lo que había sido de ella? ¿Por qué sus vidas habían cambiado? Ni siquiera sabía cómo había muerto su madre; Amélie solo le había dicho que había sido durante la guerra, sin un cómo ni un porqué. Siempre que preguntaba, Amélie apretaba los labios con fuerza, como las almejas. Cuando la presionaba, le decía que no lo sabía, aunque Valerie era consciente, incluso entonces, de que no era cierto. Lo único que realmente sabía sobre su antigua vida era que su abuelo tenía una librería en París, cerca del río, que de algún modo había conseguido sobrevivir y que quizás él tenía respuestas, las que nadie más le daría. No era un cuento de hadas: era una búsqueda sobre su historia, sobre su pasado.

Al final, Freddy le compró el pasaje.

Capítulo 4

París

Había una sola luz colgada de un hilo, sobre las pilas de libros esparcidos por el suelo cubierto de polvo; algunos aún estaban en sus cajas, y había que colocarlos en las estanterías. Debajo de aquellas pilas estaba el mismo dibujo en forma de espiga del suelo de madera del apartamento, aunque lleno de arañazos. Vincent Dupont no veía el polvo ni las cajas. Ni las estanterías llenas a rebosar. Si lo hubiera visto, se habría dado cuenta de hasta qué punto necesitaba a la joven que estaba deshaciendo el equipaje en el piso de arriba.

En cuanto a él, estaba decidiendo si aquel cambio merecía la pena. Había algo en la sonrisa de aquella muchacha, una especie de inocencia que estaba despertando en él algo que creía enterrado profundamente desde hacía mucho tiempo..., algo que, por ahora, sería mejor dejar que siguiera durmiendo.

Con un gruñido, se puso a trabajar con desgana, desempacando una de las enormes cajas que había en el suelo mientras sentía cómo palpitaba la parte inferior de su espalda. En cuestión de pocos minutos, Vincent Dupont era capaz de localizar una de las diez mil novelas que había en la librería. O, al menos, así solía ser. Ahora, necesitaba más tiempo para hacer las cosas. El polvo empezaba a acumularse, y a veces llegaban nuevos pedidos que nunca conseguía localizar.

La campana tintineó y el anciano levantó la vista, frunciendo el ceño. Al ver entrar a Madame Joubert emitió un leve gemido de impaciencia, puso los ojos en blanco y cogió un cigarrillo. Era una mujer guapa, alta y ancha de hombros; una mujer fuera de lo común con sus rizos rojizos y la glamurosa bocanada de su perfume. Dupont se armó de valor antes de que ella empezara a hablar.

–¿Y bien? –dijo ella, flotando como siempre sobre un par de zapatos de tacón del número cuarenta y dos a pesar de su considerable estatura.

–¿Y bien qué? –gruñó él–. ¿Puedo ayudarla en algo? ¿Va a comprar realmente un libro por una vez, Madame?

Madame Joubert se rio mientras chasqueaba la lengua.

–Dupont, no sea cascarrabias. ¿Ha llegado ya?

–¿Quién? –preguntó él, aunque, evidentemente, sabía perfectamente a quién se refería Madame Joubert.

–Su nueva ayudante. ¿Dónde está?

Él se encogió de hombros, señalando hacia las escaleras con el cigarrillo.

–Una joven inglesa con un espantoso sentido de la moda está en estos momentos en el piso de arriba, sacando de su maleta lo que probablemente debería tirar al Sena, si es eso a lo que se refiere.

–Sea amable, Dupont. Ella dijo que era estudiante, y es de Inglaterra.

Como si eso la disculpara. Madame Joubert era la clásica persona que se compadecía de cualquiera que no hubiera tenido el privilegio de criarse en París.

Había sido Madame Joubert, propietaria de una floristería muy popular que había al lado de la librería, quien le había sugerido a Monsieur Dupont que había llegado el momento de que contratara a un ayudante, después de haberlo hallado inconsciente en el suelo de la tienda a causa de un nivel bajo de azúcar en sangre. El médico que acudió para atenderlo advirtió a Monsieur Dupont que debía dejar de fumar y procurarse ayuda en la tienda. El problema es que dijo todo esto en presencia de Madame Joubert, que parecía un perro con un hueso. Al final, Dupont solo accedió a una de las dos cosas. Dejaría de fumar cuando estuviera muerto. Madame Joubert lo ayudó a poner el anuncio en *Le Monde* para encontrar un ayudante para la librería. Después de haber ahuyentado a varios candidatos franceses, él (con muchas risas cáusticas) le enseñó la carta que le había escrito una inglesa llamada Isabelle Henry, y Madame Joubert le convenció de que le diera una oportunidad. En opinión de Madame Joubert, alguien capaz de sacar de quicio así a un francés debía ser sin duda alguna una persona fuerte, y quizás no se asustaría tan fácilmente como los demás. Pensó que aquel era un atributo esencial.

Madame Joubert había leído la carta de la joven inglesa, escrita en un perfecto francés de colegiala, y decidió que alguien con un título de bibliotecaria era una señal enviada por el cielo. Ignorando las protestas de Dupont, le dijo al anciano que le contestara en seguida y que aceptara sus condiciones.

—Me vería obligado a escuchar su voz, y eso ya resultaría bastante lamentable.

—No sea ridículo —dijo Madame Joubert.

—Se ha ofrecido a cocinar —continuó él, mostrándole la carta y golpeando con un dedo nudoso las palabras de la chica—. Con todas las mujeres de París que podrían cuidar de mí, ¿quiere que sea una inglesa quien cocine para mí?

Madame Joubert se burló de él.

–Dupont, ¿acaso cena en restaurantes con estrellas Michelin todas las noches? Querido amigo, no finja ser un *gourmet* cuando todos los días, para desayunar, se prepara una *baguette* con *fromage et jambon* o se come un cruasán. Estoy segura de que esa muchacha estará a la altura de sus exigencias.

El anciano refunfuñó, pero, evidentemente, al final Madame Joubert se salió con la suya. Aquella misma noche, Dupont respondió a la joven inglesa, aunque se opuso a que cocinara para él.

Ahora, por supuesto, se arrepentía de haber claudicado. La chica había llegado, rubia y encantadora, con unos enormes ojos verdes que parecían poder llenarse de lágrimas al escuchar el menor improperio. ¿Cómo se suponía que iba a manejar él esa situación? Además, no podía mirarla: le recordaba demasiado a su hija Mireille, y eso bastaba para que le entraran ganas de tirarse al Sena, aunque, lógicamente, nunca se lo diría a Madame Joubert.

Valerie no tardó mucho en deshacer el equipaje. Dos vestidos y otro par de zapatos de cuero negros. Algo de ropa interior. Dos chaquetas de punto, tres blusas, una falda de pana, un par de zapatillas, tres pares de medias y dos camisas de dormir: ese era en aquel momento todo su guardarropa, que cabía perfectamente en los dos primeros cajones de la cómoda, en la que aún quedaba un montón de espacio. Colocó la maleta debajo de la cama y luego se sentó en el taburete tras dejar la pequeña tetera en el suelo. Miró hacia el patio. Más allá solo pudo distinguir la parte superior del tejado del edificio de al lado. «Incluso las azoteas de París cuentan una historia», pensó.

Luego irguió la espalda, se refrescó la cara con un poco de agua fría y bajó las escaleras para reunirse con su abuelo.

Sin embargo, con quien se encontró fue con la corpulenta Madame Joubert.

Clotilde Joubert enarcó visiblemente las cejas y la saludó con la mano, cuyas uñas estaban pintadas de rojo.

–Ah, la chica inglesa –dijo, con los brazos abiertos–. Bienvenida.

Valerie sonrió mientras la mujer se presentaba.

–Soy Clotilde Joubert. Soy la dueña de la floristería de al lado. Me han dicho que eres la nueva víctima y pensé que debía venir a presentarme... por si algún día necesitas un testigo fiable en el juicio.

Monsieur Dupont lanzó un soplido de disgusto. Se había vuelto a sentar detrás de su escritorio, en el rincón. En aquel momento estaba metiendo una hoja en blanco en la máquina de escribir azul marino, con un cigarrillo colgando de los labios.

–Ignórala –dijo el anciano a Valerie–. Todos lo hacemos.

Madame Joubert se encogió de hombros. Valerie captó el olor a flores y se preguntó si sería su perfume o si simplemente lo irradiaban sus poros. En cualquier caso, era una fragancia tentadora, y sintió una inmediata simpatía por aquella mujer de mediana edad.

–Soy Isabelle –dijo Valerie–. Isabelle Henry.

–¿Un nombre francés?

Valerie vaciló: ¿debería decir la verdad..., que había nacido en Francia? Sin embargo, antes de que pudiera decidirlo, Madame Joubert se volvió para ver la cola que se estaba formando frente a su pequeño establecimiento.

–Discúlpame. Tengo que volver. Solo quería pasar a saludarte. Ven cuando quieras, cuando necesites reafirmar tu fe en que el mundo tiene cosas buenas que ofrecer.

Valerie reprimió una carcajada.

Desde la parte trasera de la librería llegó otro gruñido.

–Esa mujer pasa demasiado tiempo oliendo rosas. Se le ha marchitado el cerebro.

Valerie sonrió. Intuyó que, a pesar de sus palabras, eran buenos amigos, o si no, al menos, algo muy parecido.

Monsieur Dupont le gruñó que empezara a vaciar algunas cajas y timbrara con la enorme G de Gribouiller la primera página de cada libro.

–¿No usa adhesivos? –le preguntó Valerie.

La mirada que le dedicó Dupont rivalizaba con la de Medusa. Ella lo interpretó como un no y retomó su tarea. Aunque ya se acercaba la noche, tuvo el presentimiento de que iba a ser un día muy largo.

Capítulo 5

Vincent Dupont era la clase de hombre que se fiaba de las primeras impresiones. Y sin duda alguna confirmó plenamente la que le había causado Valerie cuando llegó y, en el caso de que eso fuera posible, durante su primera semana en Gribouiller, el anciano estuvo aún más gruñón a medida que iban pasando los días.

El tiempo de cortesía parecía haber llegado a su fin. Sobre todo, cuando se trataba del buen funcionamiento de su librería... y de cualquier idea que Valerie pudiera tener para mejorarla.

Con sus mejillas de venas azules repentinamente sonrosadas, él se opuso a que ella colocara por orden alfabético en los estantes los libros que había empezado a sacar de las muchas cajas aún sin abrir. Se levantó rápidamente de su silla con una mirada de indignación.

–*Non, non!* Te explicaré el método: es una máquina bien engrasada. *Attention.*

Así fue como Valerie descubrió en su primer día el primer y verdadero obstáculo de su relación: el Método Dupont. Un método de clasificación según el cual los libros se ordenaban en función de si su autor había perdido el juicio o no. Una regla a la que seguía el año de publicación, la única concesión que hizo, ya que el tiempo podía justificar algunas pero no todas las cosas.

–En su momento no lo comprendió –dijo, por ejemplo, sobre Émile Zola (se refería sobre todo al desprecio del escritor por la Torre Eiffel, pero no a su obra, como ella supo más adelante)–. Sin embargo, Alexandre Dumas debería haberlo hecho –añadió, cogiendo un ejemplar de *Los tres mosqueteros* (su crítica, básicamente, se basaba en la extensión de sus novelas y en su excesiva tendencia al romanticismo), tirándolo a la papelera para reafirmar su opinión. Valerie, bastante sorprendida, lo recuperó y volvió a colocarlo en la estantería.

Como «demasiado florida» definió la obra de Molière, que acabó en una sección bautizada como «Migrañas». Lo había escrito con una caligrafía casi legible en una etiqueta clavada en el estante con un alfiler azul; la palabra estaba subrayada varias veces con lápiz.

–Demasiado inglés. –Fue lo único que dijo de un volumen de pocas páginas de la poesía de Wordsworth, que fue a para a una sección llamada «*Anglais fou*»: inglés loco–. Sí, el campo es un bálsamo, *mon Dieu*, pero contrólese, Monsieur Wordsworth, un poco de firmeza, *s'il vous plaît...*

Al parecer, Dupont se divertía de lo lindo provocando a sus clientes.

Valerie malgastó su aliento tratando de explicarle que un método que no juzgara los gustos de los lectores contribuiría a aumentar las ventas, lo que, sin duda, era el objetivo primordial de una librería. Esta sugerencia fue recibida por Dupont con las dos manos levantadas, como si quisiera deshacerse de aquellas palabras, un sonoro «¡bah!» y una diatriba sobre el hecho de que tenía la tienda desde hacía más de cuarenta años y que era su deber –aunque estuviera cansado de llevar aquella pesada carga– poner freno a la ola de estupidez que invadía las calles de París, que, advirtió, iba en aumento cada día, alentando a sus fieles clientes a evitar que sus cerebros acabaran pudriéndose con semejantes tonterías.

A pesar de todo, su clientela, por escasa que fuera, era fiel, como pudo comprobar Valerie. Y también era valiente. La gente parecía entrar más en la tienda por los discursos de Dupont que por otra cosa.

Como un hombre que se fue sonriendo, agarrado con orgullo a su ejemplar de *Sentido y sensibilidad*, de Jane Austen, aunque en realidad había entrado para comprar el último libro de Ian Fleming protagonizado por James Bond.

A la hora de la cena, Dupont preparó trucha con patatas asadas con lo que él llamaba «sal de mantequilla de la pescadera», que consistía básicamente en mantequilla y limón: eso era todo. Valerie tuvo que admitir que el plato estaba delicioso.

–Es una receta de mi madre... Era de Marsella –explicó él cuando ella le preguntó–. Aunque no era una buena pescadera –replicó, con una risita que acabó convirtiéndose en tos.

En principio no dio más detalles sobre su madre, Margaux. Solo añadió:

–Entró en razón y se trasladó a París, dejando a mi padre con su vino y sus mujeres en el sur.

En realidad, Valerie no supo qué responder a eso, salvo abstenerse de comentar que su bisabuelo era un mujeriego.

–Tenía algo de dinero de sus padres, y pudo comprarse este apartamento.

–¿Cuántos años tenía usted cuando se mudaron aquí?

–Era un niño. Seis o siete. Abrí la tienda abajo cuando tenía catorce.

–¿Catorce?

Él se encogió de hombros.

–En aquel entonces no era tan extraño, y disponíamos del espacio.

–¿Siempre quiso tener una librería? –preguntó Valerie, imaginándoselo de pequeño leyendo libros a orillas del Sena y hablando con estudiantes de la Sorbona.

Pero Dupont solo resopló.

–¡Bah! ¿Qué más podía hacer? ¿Abrir un bistró?

Aquellas eran las máximas confidencias que Valerie podía esperar de él.

En el transcurso de la semana cayeron en una rutina. Monsieur Dupont se levantaba a las seis de la mañana y a las siete ya estaba en la tienda. Valerie preparaba el desayuno: él le confió al menos la tarea de comprar cruasanes en la panadería de la esquina, aunque él se tomaba el café de Valerie con los labios fruncidos y pinchaba con un dedo las *baguettes* que ella preparaba antes de mordisquear los bordes de mala gana.

–Este *jambon*... ¿Dónde lo has comprado, en el *supermarché*?

Valerie había descubierto que el supermercado era el diablo.

–No, al charcutero que usted me dijo.

El anciano gruñó.

–Debe de haberse tomado un día libre.

Y apenas un segundo después:

–Esta *baguette*...

–¿Qué le pasa? –preguntó ella, lanzando un suspiro.

–Está dura –respondió él, hundiendo un dedo en la miga blanda y masticable.

Valerie resopló.

–Ha salido del horno hace diez minutos. Hice cola durante media hora para comprar esta *baguette*.

Otro gruñido.

–Tal vez deberíamos probar la panadería de la Rue des Minuettes.

Sugerir un cambio de panadería era como decir que él quería ir a la luna. Una vana amenaza.

Valerie comprendió en seguida que, independientemente de los días que pasaran y de las críticas a la *baguette* dura, Dupont no confiaba en ella para cocinar, a pesar de que ella insistió en que fue criada por una pariente francesa, que era lo que explicaba su impecable dominio del idioma.

–Bah, ¿en Inglaterra?

–¿Ha estado alguna vez en Inglaterra? –le preguntó ella–. Creo que se llevaría una grata sorpresa.

Este comentario fue recibido con una expresión profundamente burlona, como si ella fuera un gato doméstico tratando de decirle a un león lo feroz que era.

–Me crie en Londres –explicó ella–. Allí, la comida es muy rica... Quizás no todos los restaurantes, pubs y cafés sean tan fantásticos como en París, de acuerdo, pero desde luego hay algunos que podrían competir con algunos franceses.

Para sorpresa de Valerie, él asintió, haciendo un gesto con la mano en señal de reconocimiento.

–Ah, *oui*, Londres es diferente, sí. Dickens –dijo él, asintiendo levemente con la cabeza. Como si aquel nombre y aquel hombre elevaran el nivel de la ciudad en su totalidad. Ella descubrió que no se admitían críticas contra el señor Dickens.

Valerie frunció el ceño.

–Pero Londres está en Inglaterra.

Dupont entrecerró un ojo y movió la mano como queriendo decir que sí pero también que no. Como resultado del gesto, un cenicero lleno de cigarrillos fue a parar al suelo. Sin que por supuesto llegara a reconocérselo nunca, Valerie pensaba que su opinión no era del todo desacertada.

Ciertamente, los gemidos de Dupont hacían que los días transcurrieran deprisa.

Él tenía poco aguante, y sus rabietas eran frecuentes y vehementes. Pero se le pasaban rápidamente, como una nube que cruza frente al sol. Valerie se acostumbró pronto a sus arrebatos.

Aun así, durante los primeros días, ella tuvo que apretar los puños y sentía que se le contraía el estómago.

Tuvieron su primera discusión de verdad el segundo día de su llegada, cuando él había atacado a uno de los autores favoritos de Valerie: dijo que Marcel Proust era un desperdicio de papel.

La discusión duró exactamente treinta y siete minutos, y él solo la detuvo para preparar café para ambos antes de retomarla. Si ella le hubiera pedido un té solo habría conseguido que la discusión fuera más larga. Dupont se negaba a comprarlo, insistiendo en que hacía que la cocina oliera mal.

—¡No puede hablar en serio! —exclamó ella, horrorizada por su opinión sobre Proust y no sobre el té (que era el motivo de la tetera en su habitación, le explicó él)—. Ese hombre era un genio. Hay quien cree que, hasta hoy, ha ejercido una de las mayores influencias en la literatura moderna.

—¡Bah! No era más que un esnob pretencioso. Escribió algunas buenas frases, sí, pero el resto solo son estupideces autocomplacientes, como cuando necesita tres mil páginas para decir lo que se podría haber dicho en trescientas. Sus editores deberían ser fusilados.

Valerie se quedó boquiabierta. Proust era, bueno, Proust. Era como decir que Shakespeare no era lírico ni poético, que era un incidente en el camino. Ella entrecerró los ojos.

–Entonces, prefiere el estilo de Hemingway. Frases incisivas y cortas.

Dupont parecía furioso.

–¿Un estadounidense? Mira, el día que los franceses empiecen a seguir las lecciones de los estadounidenses será el día que toda Francia decida, en masa, acabar como el dodo, y sin perder tiempo...

Los ojos de Valerie se desorbitaron.

–Bueno, a diferencia del dodo, los franceses aún siguen aquí gracias a que los estadounidenses ayudaron a salvar París durante la guerra.

Él lanzó un suspiro.

–Jamás he dicho que no fueran buenos soldados. O valientes. Pero decir que son unos maestros del estilo es algo inconcebible.

–¿En literatura o en moda?

–En ambos terrenos.

Valerie se llevó las manos a las caderas.

–Fitzgerald, Melville, Faulkner..., ¡por el amor de Dios!

–¡Bah!

Entonces, él la miró y levantó un dedo, como si fuera una pequeña bandera blanca.

–Espera. De acuerdo... Te concedo a... Dickinson.

–¿Dickinson?

–Emily Dickinson. Flirteaba con el guion. Conseguía que quisieras usarlo con más frecuencia. Eso es estilo. En realidad, tengo un volumen en alguna parte... Pongámoslo en la sección de los buenos, ¿de acuerdo? Para conmemorar a los estadounidenses que ayudaron a liberar París.

Solo estaba siendo ligeramente sarcástico.

La sección de los buenos se llamaba simplemente «*Pas mal*», no está mal. Eran los libros aceptables que la gente podía comprar. No había demasiados.

El alto el fuego duró unos diez minutos, cuando Valerie descubrió que Bram Stoker –el creador de Drácula– era un «teórico de la conspiración» y que Sir Arthur Conan Doyle era un tonto que jugaba al golf.

–Pero ¿qué tiene que ver eso? –exclamó ella, exasperada.

Él la miró con incredulidad.

–Todo. Ningún hombre puede tener alma de poeta y jugar al golf.

«Eso –pensó Valerie para sus adentros– resulta un poco irónico», teniendo en cuenta que nadie en su sano juicio habría acusado nunca a Dupont de tener un alma de poeta.

–¡Creó a Sherlock Holmes! No le hacía falta la poesía.

Él la miró fijamente.

–Todos necesitamos un poco de poesía en el alma, o de lo contrario, mejor hacer como Sherlock y aspirar cocaína por la nariz para escapar de la vida.

Sin duda alguna, las diatribas de Monsieur Dupont conseguían que la jornada transcurriera muy deprisa.

Cuando no tenía que aguantar las diatribas de Dupont, Valerie dedicaba su tiempo a pasear por las calles del barrio, deteniéndose a observar los patos del Sena y la salida de los colegiales de la École Élémentaire Levant en la esquina de su calle, donde puntualmente, a las cuatro de la tarde, todos se dirigían a la panadería con sus madres y niñeras para su *goûter*: un tentempié dulce a la hora del té para matar el hambre antes de la cena. Era muy diferente de la adolescencia que había vivido ella, cuando, a menudo, esa hora significaba tener una patata asada después de una fría caminata bajo la nieve.

Había *boutiques*, cafés y puestos en la acera donde la gente vendía todo tipo de cosas, desde arte hasta joyas y discos: parecía un pueblo pequeño.

Al lado, en Le Bistro Étoilé, con sus sillas rojas y doradas que se esparcían por la aceras empedradas, Valerie miraba mientras la gente se sentaba bajo el brumoso sol francés de la tarde, envueltos en abrigos y bufandas por el frío, sorbiendo un *citron pressé* o un *café noir* mientras mordisqueaban un cruasán: para un parisino respetable, la única forma de tomar café, le había explicado Monsieur Dupont la primera vez que la vio añadiendo leche al suyo, la llamó bruta. Descubrió que le gustaba bastante el café solo, tanto como disfrutaba explorando las calles de París en sus tardes libres.

–Creo que le caes bien –le dijo Madame Joubert a Valerie cuando la primera semana llegó a su fin–. Hacía años que no lo veía tan contento.

Valerie miró a la mujer con expresión conmocionada.

–Creo que se equivoca, Madame. Estoy bastante convencida de que me odia.

Madame Joubert soltó una risita ronca, echándose hacia atrás la melena de rizos rojizos mientras añadía una cala de color rosa intenso al arreglo floral en el que estaba trabajando. La tienda estaba pintada de un precioso color turquesa oscuro y estaba llena de flores de todos los tamaños, formas y texturas metidas en cubos de acero galvanizado. Valerie estaba sentada frente a Madame Joubert en un pequeño banco de madera, tomando un aperitivo que la mujer había insistido en servirle cuando había entrado con un incipiente dolor de cabeza. La voz de Dupont aún zumbaba en sus oídos y necesitaba un lugar donde refugiarse durante diez minutos para no atacar al anciano con la grapadora.

–No seas ridícula. Parece de nuevo un jovencito, *chérie*. Su paso es más ligero. Y le brillan los ojos.

Valerie resopló.

–Eso es alergia... y artritis reumatoide.

Madame Joubert se echó a reír a carcajadas.

–Eso también... Pero, aun así, es bonito verlo feliz.

Aquella noche, cuando Valerie volvió a la tienda del mercado de pescado con una abultada bolsa, esperaba que lo que Madame Joubert había dicho fuera cierto y que él realmente estuviera contento porque ella estaba allí. Metió el pescado en el frigorífico y luego ordenó la tienda, que era una de las pocas tareas que él le permitía hacer –librar una batalla con años de polvo acumulado– mientras pensaba en la semana transcurrida. Lo cierto es que habían hablado mucho, aunque solo sobre libros, comida y París. No había sido capaz de hacerlo hablar de la guerra, ni siquiera sacando a colación a los estadounidenses. Cuando le preguntó por ella, él emitió un gruñido y cambió de tema. No lo había presionado en demasía, a pesar de que él le había prometido en su carta que le hablaría de lo que suponía tener una librería durante la ocupación. Puede que él solo necesitara un poco más de tiempo.

Un gruñido también había sido la forma de decir que su rendimiento le parecía aceptable, y que en realidad no pensaba mandarla de vuelta a casa en el primer tren.

–Me he acostumbrado a que vayas a comprar los cruasanes por la mañana.

Valerie supuso que ese era el único cumplido que podía esperar.

Capítulo 6

El gato era un bicho sarnoso hecho solo de piel, huesos y tendones, con claros en su otrora brillante pelo blanco y negro; le faltaba la cola: la había perdido hacía unos siete años en una disputada riña con un gato callejero de color naranja. El animal pertenecía, en el caso de que tuviera algún dueño, a la librería Gribouiller, en la Rue des Oiseaux, y a Monsieur Dupont, aunque este lo negara, *mais bien sûr*.

–Bah, ¡ese saco de huesos! ¿Para qué lo quiero aquí? ¿Por las pulgas?

Pero, aun así, todas las mañanas había leche fresca para el gato, y aunque pensaba que Valerie no lo veía, lo había pillado dándole de comer de su mano.

Al darse cuenta de que ella lo había visto, el anciano resopló, diciendo que no quería tener que cargarlo para llevarlo lejos si un día se moría.

El gato de la librería no tenía un nombre oficial. Si lo tenía era Le chat de Monsieur Dupont, y más adelante simplemente Dupont, de modo que a veces era difícil saber si los vecinos le hablaban al gato o al anciano. Sin embargo, Valerie comprendió en seguida que, si lo hacían con cierto afecto, era casi seguro que se dirigían al primero.

En aquel momento, el gato rondaba alrededor de una nueva entrega de libros que habían depositado apresuradamente en un rincón. El animal se frotaba la punta de su antigua cola contra el borde de la caja.

–¡Es tan adorable! –exclamó Madame Hever, una de las más valientes y audaces clientas de Dupont, a la que no le importaba que la llamara inculta porque leía cualquier cosa salvo Dickens. Se puso a rascarle la barbilla al gato, que empezó a ronronear.

–*Non*, es un pesado –la contradijo Dupont, aunque reconoció sus virtudes añadiendo–: Pero al menos mantiene a raya a las ratas.

Eso era mentira, y Valerie lo sabía, pero ahorró al gato (al gato y al anciano) la vergüenza de señalarlo, y siguió repasando el pedido.

Valerie se movió para retirar la caja vacía. Fue entonces cuando vio el agujero en la pared. Parecía el impacto de una bala.

Tocó el agujero con los dedos. Una pequeña nube de confeti de yeso cayó al suelo.

–Necesita una capa de pintura –gruñó Dupont, arrastrando los pies–, pero al menos intenta no empeorarlo.

–Parece un agujero de bala –dijo Valerie irguiéndose, con el ceño fruncido.

Él se encogió de hombros.

–Lo parece porque lo es.

Valerie abrió unos ojos como platos.

–¿Qué? ¿Cómo?

Él la miró como si fuera estúpida.

–Estamos en el centro de París.... Hubo una guerra; la gente disparaba.

–¿Aquí dentro?

Él volvió a encogerse de hombros.

–*Oui*.

Ante la expresión de sorpresa de Valerie, él lanzó un suspiro mientras se explicaba.

—Eso, *chérie*, fue obra de un nazi un tanto singular: creía que la mejor manera de abordar un libro de Balzac era agujerearlo con una bala. *Charmant*.

Fue Madame Joubert quien aportó más información sobre el agujero de bala cuando trajo otra caja que habían entregado en la floristería por error y Valerie le mencionó lo que le había contado Dupont.

Madame Joubert asintió y frunció los labios con disgusto.

—Ah, *oui*, recuerdo ese día, ¿cómo podría olvidarlo? —dijo, con los ojos pintados de un color negro inusualmente sombrío, mientras Valerie se dirigía hacia ella para cogerle la caja.

La depositó en un rincón de la tienda, al lado de una mesa roja de bistró que había convertido en su escritorio, completándolo con un espacio para el gato y el teléfono.

—Ocurrió la primera semana después de la caída de París, cuando ellos, los nazis, lo mangoneaban todo. El que hizo eso —dijo, señalando la pared— era un muchacho con un bigotito que parecía dibujado con un lápiz. Seguramente hacía poco tiempo que vestía pantalones largos. Yo estaba en la tienda para ayudar a Mireille, la hija de Dupont...

Los ojos de Madame Joubert se entristecieron. Se interrumpió y se tocó el pecho justo cuando el corazón de Valerie empezó a latir con fuerza al oír mencionar el nombre de su madre.

—Y entonces entraron esos jóvenes vestidos con uniformes marrones para decirle a Dupont los libros que a partir de entonces podría vender y los que no. Lo que acabó como ya puedes suponer... Cuando Dupont protestó por la prohibición de uno de los autores..., no recuerdo cuál...

—Balzac, eso es lo que dijo Vincent —precisó Valerie.

—*Oui* —dijo Madame Joubert—. Balzac. ¡Bang!, ese joven le disparó a la portada. No hay mucho que discutir con un muchacho que tiene un arma.

—¿Por qué Monsieur Dupont no cerró la librería? —preguntó Valerie.

—Era testarudo. Testarudo en aquella época y testarudo ahora. Además, no creo que tuviera ningún lugar adonde ir. Su padre había fallecido hacía tiempo y su madre había muerto un año antes. Tenía una prima en alguna parte, pero creo que ya había huido a Inglaterra... No estoy segura.

El corazón de Valerie empezó a latir con fuerza al darse cuenta de que, evidentemente, Madame Joubert se estaba refiriendo a Amélie.

—Así pues, estaban atrapados en París. Mireille no pensaba abandonar a su padre, aunque él quería mandarla al campo, el único sitio donde la mayoría de la gente podía permitirse refugiarse. Por desgracia, al final, ni siquiera allí las cosas fueron mucho mejores.

Valerie sacudió la cabeza.

—Debió de ser horrible ver a los nazis marchando sobre París.

—Lo fue. Jamás lo olvidaré. Como muchos franceses, creíamos que la línea Maginot los detendría, y entonces, de repente, el gobierno nos dijo que habíamos tenido suerte, porque habían firmado un armisticio... Un alto el fuego, aunque todos sabíamos lo que aquello significaba: rendirse. Escuchábamos la radio, que invitaba a deponer las armas y a dejar de combatir. No había ni una sola alma viva en París que creyera que aquello no fuese una derrota pura y dura.

En aquel momento apareció Dupont, seguido por el gato calvo. Aun ahora, su rostro seguía contorsionándose de ira.

–No, fue una traición. No hicieron nada salvo abandonarnos como corderos ante una manada de lobos.

Madame Joubert asintió.

–Sí, eso también.

Capítulo 7

—Los vimos marchando sobre la ciudad. Los soldados alemanes pasaban por delante del Arco del Triunfo con sus tanques y sus automóviles: eran muchísimos, todo un ejército de hombres vestidos con uniformes marrones. Jamás olvidaré aquel día... –dijo Madame Joubert.

Dupont bajó la mirada, con el ceño fruncido.

–Era el cumpleaños de Mireille –dijo, en voz baja.

El ambiente se volvió tenso y Valerie contuvo el aliento; era la primera vez que él le mencionaba a su hija.

La expresión del rostro de Madame Joubert era grave cuando asintió.

–El catorce de junio. Acababa de cumplir diecinueve años. Supongo que no era mucho más joven de lo que eres tú ahora –dijo, mirando a Valerie–. Te pareces un poco a ella, ¿sabes?

El corazón de Valerie dejó de latir un instante. Dupont frunció el ceño y le dedicó una mirada, ladeando levemente la cabeza de pelo canoso. Lanzó un suspiro.

–No era el tipo de regalo que nadie habría deseado: una ciudad llena de nazis.

El rostro del anciano se ensombreció como una tormenta. Sacudió la cabeza y luego se dio la vuelta y salió de la tienda. Su espalda parecía más encorvada que nunca.

Valerie hizo la intención de seguirlo, pero Madame Joubert posó una mano sobre su hombro para detenerla.

—Déjalo, *chérie*. Ir tras él no servirá de nada. Ahora se está enfrentando a viejos fantasmas.

Valerie acompañó a Madame Joubert a la floristería. La mujer le preparó una taza de té, que le dejó sobre el mostrador de madera. La tienda estaba cerrada y el aire de la mañana se filtraba por debajo de las puertas y las ventanas de madera, pellizcando la piel del cuello y la cara de Valerie y haciéndola temblar. Tomó un sorbo del té dulce y sonrió. Desayuno inglés. Madame Joubert debía de haberlo comprado especialmente para ella. La mujer se sentó frente a ella y retomó su trabajo, enseñándole a recortar un tallo y a colocarlo en la base de espuma. Valerie aspiró el embriagador perfume de las flores y empezó a arrancar las hojas inferiores de una rosa de invernadero.

El peso de la reciente partida de Dupont gravitaba sobre ellas, cargado de preguntas sin respuesta.

—Aún le parece algo real, ¿verdad? Incluso ahora —dijo Valerie. Sus ojos no se fijaban en el colorido de las flores de la tienda, sino que miraban hacia fuera, a través de la ventana, aparentemente hacia el pasado—. Me refiero a la guerra.

No tuvo que decir a quién se refería. Madame Joubert ya lo sabía. Le temblaron ligeramente los dedos mientras colocaba una hortensia de color lila en la espuma verde, junto a una rosa de un pálido tono rosado.

—Sí. Para todos nosotros sigue siendo real. Aquel día, cuando llegaron... Es difícil definir lo que experimentamos... Sobre todo, nos sentimos abandonados. La mayoría de la gente huía por las calles, llevándose todo lo que podía cargar; se dirigían a las casas de los amigos o de los familiares que tenían en el campo. Incluso el gobierno nos había abandonado..., o eso parecía cuando se trasladó a Vichy, dejando la ciudad en manos de los alemanes... y de los pocos oficiales franceses en los que confiaban, los que nos habían entregado con tanta facilidad. De la noche a la mañana ya no éramos ciudadanos sino espectadores que contemplaban a los invasores mientras se apoderaban de todo, imponiendo sus leyes y apropiándose de nuestras casas y de nuestra comida..., y racionando lo que antes nos pertenecía. De un día para otro, Dupont pasó de gestionar un pequeño negocio a que un grupo de mocosos le dijera cómo debía vivir.

Mientras Madame Joubert hablaba, Valerie dio un salto hacia atrás de veinte años....

El muchacho que había disparado contra la novela de Balzac volvió a menudo a la tienda después de aquel día. Venía por la guapa chica rubia de sorprendidos ojos azules y labios carnosos.

Venía a ver cómo los nervios obligaban al anciano a apretar la mandíbula, cómo ardían sus pálidos ojos azules y lo difícil que le resultaba no agarrar a aquel chico por el pescuezo y echarlo de la librería. Se divertía al ver como aquel hombre iba cayendo poco a poco en desgracia.

Aquel muchacho no era el único soldado nazi que iba a la tienda. Acudieron muchos más durante el mes que siguió a la caída de París.

Cuando el último que vino aquel día se fue, Mireille bajó la persiana, aunque solo eran las seis y aún lucía el sol. Quería mitigar la luz, oscurecer el ambiente para que reflejara su estado de ánimo. Se sirvió una copa de vino y tomó un sorbo. Cuando se derramó, se dio cuenta de que había vuelto a temblar otra vez sin darse cuenta.

Su padre se acercó a ella y posó una mano en su hombro. Estaba tensa y nudosa, pero al sentir el contacto, ella no se movió. Levantó la mirada y vio que la expresión del rostro de su padre era grave y preocupada.

–No es demasiado tarde: todavía puedes irte al campo. Amélie, mi prima, podría ayudarte.

Mireille negó con la cabeza.

–No te abandonaré, papá.

Él apretó los dientes, cogió el cigarrillo que se había colocado detrás de la oreja y se lo llevó a los labios soltando un leve gruñido.

–No quiero que tengas que enfrentarte a todo esto –dijo él, señalando la puerta, el mundo que había fuera, un mundo que se había vuelto loco.

Ella lo miró; la expresión de sus ojos azules se suavizó.

–Nadie quiere enfrentarse a todo esto, papá. Nadie. Pero lo haremos juntos, como hemos hecho siempre.

Ella tomó otro sorbo de vino y luego se sentó, cansado, en el enorme sillón, junto a la ventana, apartando a Tomas, el gato, y poniéndolo en su regazo. Por fin, el vino empezaba a hacerle efecto.

–¿Sabes lo que la mayoría de esos hombres..., esos nazis, compran en la librería?

El anciano frunció el ceño y dejó caer la ceniza en el cenicero de su escritorio.

–Déjame que lo adivine: historias de aventuras con algunas balas y bravuconería –respondió él, señalando el espacio en la pared donde aquel idiota rubio que apenas había dejado atrás la pubertad había disparado al libro.

Ella dijo que no con un gesto y le rascó la parte posterior de las orejas al gato. El animal ronroneó y levantó la cabeza atigrada para mirar a Dupont.

–Guías de la ciudad. Es como... si estuvieran de vacaciones.

El anciano parpadeó. Pensó que no había muchas cosas que pudieran sorprenderlo, no desde que la ciudad había sido ocupada, pero eso consiguió hacerlo.

–Están de vacaciones... y nosotros nos vamos a ir al infirmo.

–Sí.

Capítulo 8

Valerie estaba cansada. Era como si el peso de las últimas semanas le hubiera caído encima de golpe. Le parecía que el colchón de su exigua cama de hierro tuviera sacacorchos en vez de muelles y que cada uno de ellos sabía cómo vengarse de su cuerpo. De nada le servía cambiar de posición continuamente. Era incapaz de recordar cuándo había podido dormir una noche entera de un tirón.

Por si eso fuera poco, los ronquidos de Dupont resonaban a través de las paredes del minúsculo apartamento y la tenían en vela casi todas las noches acompañando sus pensamientos.

Sacar la guerra a colación había conseguido que el estado de ánimo de Dupont fuera aún más agrio que de costumbre.

Se había vuelto callado, monosilábico. Un humor sombrío se había apoderado de él y no lo abandonó durante la mayor parte de la semana. A pesar de la calma que esto procuraba, con la consiguiente tregua en sus arrebatos, de algún modo también hacía que los días parecieran más largos y más tensos.

Por primera vez desde que había llegado, Valerie se cuestionó de verdad lo que había hecho, por qué había venido. ¿Qué pasaría cuando le contara a Dupont quién era en realidad? ¿Cómo reaccionaría él? ¿Y si ella había empezado a quererlo...? Aunque de momento eso fuese poco probable, sabía que podían suceder las cosas más absurdas. ¿Y entonces qué? Había sido más fácil convencerse a sí misma de que la indiferencia del anciano no importaba cuando él era solo un extraño. Pero había visto cómo había cambiado la expresión de su rostro cuando mencionó a los nazis: aquella rabia era diferente. No se trataba de su habitual carácter desagradable, sino de un sentimiento frío y duro que, en opinión de Valerie, no le gustaba que aflorase.

Durante las pocas horas de sueño que consiguió arrebatarle a la noche no dejó de soñar lo mismo: los nazis marchando sobre la ciudad con las banderas con esvásticas que recordaban a una araña por todas partes y la sustitución de los antiguos carteles con indicaciones por otros escritos en alemán que destacaban sus sedes en letras mayúsculas y con los nombres de las calles de París en minúscula debajo. Se despertó con el corazón desbocado y se preguntó cómo había podido acabar evocando aquellas imágenes. ¿Acaso las había visto en algún periódico? No conseguía recordar en cuál. Finalmente, el amanecer la sorprendió con unas oscuras ojeras. Se sentó, con la boca seca y la lengua como un trapo, cogió el vaso de agua que había en la silla que tenía junto a la cama y tomó un sorbo haciendo una mueca. El último sueño había sido muy real.

Tenía tres años. Su pelo rubio ondeaba cuando el viento hizo que su lazo saliera volando; ella se dio la vuelta para recuperarlo y escuchó la voz de Amélie:

—*Vite, vite, chérie*, no hay tiempo.

Pero era el único lazo que tenía. Y no era fácil conseguirlos; su *grand-père* le decía que ese debía durarle cuando se lo ataba con firmeza todas las mañanas. Se echó a llorar. Amélie no se lo había anudado bien cuando la había peinado y ahora lo había perdido. Amélie ignoró su llanto y le dijo que siguiera andando. Pero Valerie estaba cansada porque normalmente no solía caminar tanto; los pies, embutidos en unos zapatos muy ligeros, le dolían. Amélie volvió a tirar de su brazo sin reducir la marcha.

–¡Pero yo quiero irme a casa! ¡Y no es por aquí!

No quería estar más con ella, con aquella «tía» a la que había conocido el día anterior; para ella seguía siendo una desconocida, y ahora estaba cansada harta de ser educada. Lo único que quería era volver a casa.

–Mi *grand-père* estará preocupado. Regresemos ahora mismo –dijo, tirando de la mano de Amélie y volviéndose en dirección al apartamento.

Se estaba haciendo tarde. Era la hora en que ellos dos siempre jugaban a aquel juego, el del gato y la cuerda. ¿Por qué Amélie se la estaba llevando tan lejos? ¿Por qué debía estar con esa mujer que insistía en que la llamara «tía» aunque nunca la había visto antes?

Presa del pánico, Valerie empezó a sollozar. De repente, mientras se alejaban cada vez más del apartamento, se dio cuenta de que estaban en la otra orilla del río y de que aún tardarían más en llegar a casa. Sin embargo, Amélie seguía caminando, arrastrándola hasta que finalmente la cogió en brazos a pesar de su llanto.

–¡No! ¡Quiero a *grand-père*! ¡A *grand-père*!

–Basta ya, pequeña –dijo Amélie, meciéndola contra su pecho mientras corrían.

Valerie se golpeaba la cabeza contra el hombro de la mujer. Sin embargo, los brazos de Amélie, rígidos e implacables, la siguieron sujetando aun cuando ella no dejaba de gritar.

Valerie se despertó sobresaltada, con los sollozos aún en la garganta y el corazón a punto de estallarle en el pecho. ¿Había sido solo un sueño o se trataba de un recuerdo?

La imagen de sí misma de niña mientras jugaba con su abuelo le había parecido real. Más real de lo que se habría imaginado.

¿Y era verdad que su tía Amélie era una... desconocida? Se frotó la garganta, haciendo un esfuerzo por respirar. Se acercó al pequeño lavabo y se agarró a él con las dos manos; los nudillos se volvieron de color blanco. Se echó un poco de agua fría en la cara y vio su reflejo en el minúsculo espejo: estaba lívida. ¿Amélie era realmente una desconocida cuando se encontraron? Su tía le dijo que había viajado a escondidas a su país con la expresa intención de ir a buscarla. ¿Por qué?

Por la forma en que Amélie le había hablado, Valerie tenía la sensación de que su abuelo no deseaba criarla, que lo que quería era que estuviera a salvo, sí, pero no convertirse en su tutor. Sin embargo, aquel recuerdo –o lo que fuera– no decía eso, sino que hablaba de una costumbre muy arraigada según la cual ella pasaba el tiempo con su abuelo, de que él cuidaba de ella, de que la peinaba todas las mañanas, de que comían juntos y de que ambos jugaban largas horas con el gato por las tardes. No parecía un hombre que no se preocupaba por su nieta, sino todo lo contrario. Entonces, ¿por qué había dejado que se fuera?

Valerie se sentó a oscuras. Por primera vez fue consciente del sufrimiento que escondía lo que le había ocurrido y sintió su dolor. Por primera vez se reconoció a sí misma que quizás el hecho de estar en aquella casa, sacando a la luz recuerdos que permanecían enterrados desde hacía mucho tiempo, podía acabar abriendo una herida que ella no sería capaz de cerrar fácilmente.

Si aquella mañana Valerie se mostraba un poco retraída, Dupont no pareció darse cuenta de ello. Estaba demasiado ocupado peleándose con sus clientes. Ella se enfrascó en tareas administrativas: con su pulcra letra, catalogaba los libros en fichas que archivaba en una caja de madera que tenía en su pequeño escritorio. Anotaba los títulos que se habían vendido y los nuevos pedidos que había que hacer.

Cuando sonó el enorme teléfono negro que Dupont había trasladado al escritorio de Valerie –en su opinión, ella contestaba mejor que él a las llamadas de los clientes (lo cual no era muy difícil)–, ella dio un respingo con el corazón desbocado: se había perdido en sus pensamientos.

–*Bonjour*, Gribouiller –dijo, en su educado tono de ayudante de biblioteca y una voz que susurraba en medio de tantos libros.

–Ah, *oui*, estoy buscando algo –contestó una voz apagada al otro lado de la línea.

Valerie frunció el ceño.

–¿Sí?

–Algo que me parece que he perdido.

Valerie volvió a fruncir el ceño.

–¿Ha perdido algo en la tienda?

Echó un vistazo al suelo, que había barrido hacía poco, y se fijó en la madera pulida –la había dejado así el día antes–, los libros cuidadosamente apilados, la nueva decoración del escaparate con unos copos de nieve de papel que había recortado para recrear la estación del año... y nada le pareció que estuviera fuera de lugar.

Inspeccionó el escritorio de Dupont, que, evidentemente, recordaba a un vertedero: estaba cubierto de ceniceros llenos hasta arriba, documentos, libros y montones de papeles arrugados, además del gato.

–Sí, eso es –confirmó la voz.

–Ah... ¿Podría hacerme una descripción, por favor? Para guardarlo si lo encuentro.

–Es usted muy amable, *merci*. Bueno, sí, ¿cómo podría describirla? Es más bien bajita para su edad. Tiene el pelo rubio, largo, y viste una de esas horribles faldas de color mostaza con unos zapatos de cuero calado, pero no sé cómo le sientan bien.

Valerie frunció de nuevo el ceño.

–¿Qué?

–Mire a su izquierda –dijo la voz.

Ella obedeció.

–Al otro lado.

En aquel momento, Valerie dejó escapar un chillido y empezó a dar brincos en la silla. Al otro lado de la calle, de pie frente a una cabina telefónica, estaba Freddy. Podía ver su alta y larguirucha figura, su pelo oscuro y despeinado y su sonrisa de oreja a oreja.

–Bueno, ¿piensas venir a darme un abrazo o qué? –preguntó él.

Ella captó calidez en su voz.

–¡Sí! –gritó Valerie.

Acto seguido se levantó de un salto y salió corriendo de la tienda para sorpresa de Monsieur Dupont y también del gato.

–¿Y bien? –dijo Freddy después de que ella lo soltara–. ¿Me has echado de menos?

–No, apenas he pensado en ti –respondió ella, oliendo el pelo de Freddy y cerrando los ojos, feliz. Aún seguía teniendo el olor de siempre, a menta y a niño.

Él le rodeó el hombro con su fino brazo.

–Yo tampoco. ¿Vamos a comer?

–Sí... Pero primero déjame avisar a Monsieur Dupont.

–De acuerdo.

–De acuerdo.

–Pero antes deberías soltarme –señaló Freddy.

–Es verdad –repuso ella, sonriendo y liberando a regañadientes su esmirriado brazo para volver a entrar en la tienda.

Volvió al cabo de pocos segundos y se acercaron al bistró de la esquina. A través del escaparate de la floristería, Valerie vio que Madame Joubert la observaba con una ceja enarcada. «Muy guapo», dijo solo con los labios que, como siempre, se había pintado de color rojo cereza. Valerie se echó a reír.

–¿Qué ocurre? –preguntó Freddy, que no había visto nada. Entrecerró sus ojos oscuros y Valerie no pudo evitar mirarlo fijamente durante un largo rato, devorándolo con la mirada.

–Nada, no tiene importancia. Freddy, ¿cómo has llegado hasta aquí? ¿Por qué? Cuéntamelo todo –dijo ella en cuanto se sentaron a una mesa de la terraza y pidieron dos cafés.

Con sus enormes ojos verdes muy abiertos y brillantes y las mejillas sonrosadas iluminando el bistró, Valerie parecía llena de vida. Un grupo de parisinos esnobs la observaba porque hablaba en voz muy alta, pero en seguida se ajustaron las gafas de sol y siguieron sorbiendo sus diminutas copas de vino.

–Oh, Val –dijo él, riéndose–. París te ha contagiado... Eres el aplomo personificado.

Ella entornó los ojos, aunque no pudo evitar una sonrisa.

–Cállate y dime por qué has venido.

Los ojos de Freddy brillaban, divertidos, mientras sacaba un cigarrillo del bolsillo de su abrigo. Lo golpeó dos veces contra la mesa, se lo llevó a los labios y lo encendió, dándole una larga calada. Luego se lo pasó a Valerie para que hiciera lo mismo. Él cruzó sus largas piernas y luego se desabrochó el cuello de la camisa.

—Bueno, a decir verdad, el periódico necesitaba a alguien que cubriera un tema político aquí, y me ofrecí como voluntario.

—¿En serio?

—De acuerdo, lo supliqué.

—¿Cómo?

—Sí, bueno, en realidad ya habían decidido mandar a Jim. Ambos pusieron los ojos en blanco. Jim Murphy era un periodista con un poquito más de experiencia que Freddy que siempre parecía conseguir los mejores encargos, sobre todo porque era un poco como un *bulldog*. El problema era que le gustaba restregarle por la cara a Freddy sus triunfos.

—Pero yo sabía que otros periódicos estarían interesados, sobre todo si podía quedarme un poco más de tiempo, y como Jim tiene familia..., al final aceptaron; además, puedo cubrir otras noticias. Y les salgo bastante barato. En realidad, seré como un detective privado con pretensiones. El trabajo incluye un apartamento infestado de ratas, un baño compartido y prácticamente nada de dinero. Pero estoy aquí, que es lo que realmente importa.

Valerie frunció el ceño. Había hecho bastantes progresos en *The Times*, y aquello, en cierto modo, parecía un paso atrás.

—¿Por qué ibas a aceptar algo como esto?

—¿A ti qué te parece?

—¿Estabas preocupado por mí?

—Estaba preocupado por ti —confirmó él—. Y no te pongas sentimental, pero te echaba de menos.

Ella le dedicó una mirada llena de emoción.

Él se echó a reír.

—Te he dicho que no lo hicieras.

–Solo han pasado dos semanas –dijo ella, aunque en realidad le había echado de menos cada segundo.

–Creo que nunca había pasado tanto tiempo sin ver tu cara.

Valerie se rio.

–¿Salvo cuando te fuiste a España durante un mes para ser como Hemingway? ¿O cuando decidiste vivir en una furgoneta en Devon un par de semanas para escribir tu novela hasta que te diste cuenta de lo importante que es darse una ducha?

–Sí, de acuerdo, aparte de esas dos veces. Ahora en serio, y no te enfades, pero simplemente quería estar aquí, pase lo que pase. Si finalmente las cosas no salen bien..., me refiero a esta historia sobre tu familia y sobre fingir que eres otra persona, necesito saber que no te vendrás abajo aquí sola, sin ningún lugar adonde ir. Y si sale bien, también quiero saberlo.

Ella le cogió la mano y se la apretó.

–Gracias, Freddy. ¿Has tenido que romper con todas tus otras chicas?

Él se encogió de hombros.

–Sí, por eso he tardado dos semanas: un montón de papeleo –dijo, sonriendo.

Cuando volvió a casa, Valerie se encontró con Madame Joubert y Dupont en el piso de arriba, sentados en el salón del apartamento, tomándose una copa de vino.

–Vaya, vaya, nunca dejaré de asombrarme –dijo Madame Joubert con sus labios de color rojo cereza abiertos en una enorme sonrisa–. Nuestra pequeña Isabelle... Jamás hubiese pensado que saldrías corriendo así para lanzarte en los brazos de un hombre. –Examinó los zapatos de cuero calado de Valerie y su larga falda de pana de color mostaza–. Quién lo hubiese dicho de una bibliotecaria... –añadió en un susurro que hizo que Dupont se atragantara con el vino mientras ella se reía.

Valerie empeoró las cosas al sonrojarse.

–Solo se trata de Freddy.

–Ah, Freddy –dijo Madame Joubert. Sus ojos, marcados con un lápiz, brillaban–. Ese chico ya me cae bien. Háblanos de Freddy.

Valerie la complació.

–Es periodista. Y mi mejor amigo..., nada más.

Incluso Dupont se rio de eso. A continuación, Valerie les contó la verdad: que había estado enamorada de él desde que era una niña, y luego la cruda realidad, que, para Freddy, ella siempre sería esa niña.

–Ha tenido docenas de novias. Supongo que siempre he estado esperando que él, un día, por arte de magia, me viera como algo más que la chica de la casa de al lado, como algo más que una hermana. Por eso ha venido..., porque lo han enviado aquí para cubrir una noticia; solo me está controlando, ejerciendo de buen «hermano mayor».

Valerie se dio cuenta de que su estado de ánimo decaía tras admitir la verdad. Hubo un momento en el que casi se convenció de que lo que Freddy sentía por ella había cambiado, que se había vuelto más romántico; sin embargo, ahora era consciente de que, una vez más, se había engañado a sí misma.

Madame Joubert se echó a reír.

–Ah, Dupont, ¿recuerda haber sido alguna vez tan joven y tan ingenuo?

Dupont parecía sorprendido.

–¿Yo? ¡Bah!, nunca.

Madame Joubert asintió mientras observaba la cabeza del anciano, cubierta por un pelo blanco que ya empezaba a perder, y su espalda encorvada. Tras lanzar un suspiro, dijo:

–Supongo que usted ya nació viejo...

Él soltó un gruñido y ella continuó:

–Mi querida Isabelle: un chico no sale corriendo hasta París para vigilar a su hermana.

–Por supuesto que sí. Estaba preocupado por mí.

Madame Joubert negó con la cabeza.

Dupont la imitó. Valerie se alegró al comprobar que el mal humor que se había apoderado de él la semana anterior había cambiado un poco y que volvía a ser el cascarrabias de siempre.

Madame Joubert asintió.

–Yo tenía dos hermanos. Y no diría que alguna vez se preocuparan demasiado por mí, no hasta el punto de seguirme hasta otra ciudad. *Non, chérie*, yo creo que esto es típico de un chico que está enamorado.

Valerie tragó saliva, tratando de contener la repentina ola de esperanza que las palabras de la mujer le habían provocado.

–Por favor, basta ya, Madame –contestó ella, sorbiendo un poco de vino–. Podría acabar creyéndome lo que dice, y entonces sí estaría metida en un lío.

Los enormes ojos oscuros de Madame Joubert mostraron una expresión de sorpresa.

–¿Por qué? –le preguntó.

–Porque seguramente no sea así.

–Tal vez, aunque lo dudo... ¿No crees que ha llegado el momento de averiguarlo?

Valerie dio otro trago de vino. Tal vez. Sin embargo, la idea de que su relación con Freddy acabara siendo tensa la llenó de pavor. ¿Cómo podía decirle a su viejo amigo que estaba enamorada de él sin que eso lo cambiara todo?

Mientras Dupont roncaba en el sofá, Madame Joubert sirvió un poco más de vino para las dos. Luego echó otro leño al fuego. El ambiente del apartamento era acogedor; a lo lejos, las ventanas ofrecían una vista de las luces de París, con la Torre Eiffel al fondo.

Valerie tomó un sorbo de vino, miró a Madame Joubert y sacudió la cabeza.

—¿Qué?

—Bueno, que es usted tan amable... En fin, Dupont es...

—Dupont —dijo Madame Joubert—. Sí.

—Y aun así son amigos.

Madame Joubert sonrió.

—Sí. Lo somos. La verdad es que... —dijo, haciendo un gesto con la mano al ver que Valerie observaba a Dupont—. Oh, no te preocupes, *chérie*, él podría seguir durmiendo aunque se acabara el mundo... Bueno, como te decía, lo cierto es que estamos solos; ahora somos una familia. Yo era amiga de su hija —explicó.

Valerie dejó la copa a la mitad.

—¿De Mireille? —preguntó.

La mirada de Madame Joubert se ensombreció mientras asentía.

Valerie miró a Dupont y luego a Madame Joubert antes de susurrar, tratando de no parecer demasiado ansiosa:

—¿Cómo era? ¿Se parecía a él?

—¿Mireille?

Valerie asintió y Madame Joubert echó su imponente cuerpo hacia atrás, rozando con sus rizos de color magenta la suave tela del sofá. Tras lanzar un suspiro, dijo:

–Era... –Levantó los ojos hacia el techo, como para evitar que, de repente, se le saltara una lágrima–. Era realmente maravillosa. Fuimos amigas íntimas desde que empezamos a andar. Y vecinas, como tú y tu Freddy –añadió, con una leve sonrisa–. Jeanette, la madre de Mireille, murió cuando ella era pequeña; así pues, Dupont tuvo que criarla solo. Formaban una bonita pareja, esos dos. Discutían todo el día, como un matrimonio, y siempre sobre libros. –Se echó a reír–. Un poco como vosotros dos ahora –dijo, y se rio entre dientes–. Creo que esa es una de las cosas que lamenta de verdad... No haber insistido en que ella se fuera con los demás, con los que abandonaron la ciudad en masa para irse al campo cuando llegaron los nazis, cuando tuvo la oportunidad de hacerlo. Pero yo conocía bien a Mireille, y habría sido imposible convencerla de que se marchara..., no sin él. Lo que ocurrió no fue culpa de Dupont.

–¿Qué quiere decir?

Hablaban en susurros, con cuidado para no despertar al anciano.

–Me refiero a lo que ocurrió después. Él no podía saberlo. Ninguno de nosotros sabía lo que iba a ocurrir... Todos esperábamos que los nazis estarían aquí solo unos meses y que luego se irían, que los aliados los echarían... No podíamos saber lo que pasaría luego. En cierto modo, fue una bendición, pero también una maldición.

Capítulo 9

1940

Clotilde se coló en la librería. La expresión de su rostro era sombría como una tormenta; extrañamente, no se había pintado los labios. Además, los fruncía en las comisuras. Llevaba el pelo liso, sin sus habituales rizos. Parecía un globo gigante que se iba desinflando poco a poco. Aunque no era posible, parecía más baja, como si la hubieran acortado de rodillas para abajo.

Mireille desvió los ojos del oficial nazi, un joven con el pelo cortado al rape, ojos azules de mirada gélida y dientes blancos que estaba haciendo todo lo posible para encandilarla mientras le preguntaba cuál era el mejor restaurante para comer pato *à l'orange* y si le gustaría acompañarlo en alguna ocasión. Mireille frunció el ceño y movió los labios para formar un «oh» de sorpresa mientras miraba a su amiga y se fijaba en la insignia amarilla que exhibía en su chaqueta. Vio cómo Clotilde se deslizaba hacia un rincón, medio oculta detrás de un pequeño estante de libros de bolsillo mientras esperaba que se acercara.

A Mireille le temblaban las manos mientras tragaba saliva y le dedicaba al militar una leve y tensa sonrisa.

—¡Pero si ya es la hora! —exclamó, mirando el reloj de pared que había al fondo de la tienda, aunque no era capaz de verlo bien desde tan lejos—. Lo lamento, señor, pero tengo que cerrar –le dijo de repente al oficial, poniéndose de pie–. Debo ir al dentista, casi me olvido. Ya llego tarde. Si no le importa...

El oficial se fue riéndose, le dijo que cuidara de su bonita sonrisa y le dio a entender que volvería pronto para salir a cenar con ella si estaba libre. A Mireille le dolía la cara de tanto apretar los dientes para hacer una mueca que pareciera una sonrisa. En cuanto el oficial se hubo marchado, cerró la puerta con llave y puso el cartel de CERRADO, aunque eran poco más de las diez de la mañana.

Se volvió hacia su amiga; sus ojos azules estaban muy abiertos y llenos de miedo.

–Entonces, es cierto. –Se acercó a Clotilde para tocar la enorme estrella amarilla cosida a su chaqueta–. ¿Ahora tienes que llevar esto?

Clotilde asintió. Sus ojos también estaban asustados, y eso fue lo que más sorprendió a Mireille: a su amiga, siempre tan fuerte y más audaz que cualquier otra persona que conociera, nunca le daba miedo nada.

–¿Y no puedes quitártela y ya está?

–No, dicen que ahora esta es la ley y que si un judío no la lleva podrían mandarlo a la cárcel... Tienen una lista con nuestros nombres –explicó Clotilde.

Mireille había oído rumores sobre eso, por supuesto, pero a pesar de todo lo que había visto y oído hasta entonces –incluido el loco que había disparado a un libro en la tienda–, no había querido creer que los nazis pedirían a los judíos de París que se identificaran.

–¿Por qué hacen esto?

–¿Por qué? Por culpa suya, de Hitler, su líder, un enfermo mental... Nos odia.

–Lo sé..., pero...

–¿Hay alguna otra explicación aparte del hecho de que somos diferentes?

–¿Diferentes? ¿En qué sentido? ¿Acaso no sangráis? –dijo Mireille, citando a Shylock en *El mercader de Venecia*. Aunque era humor negro, Clotilde lo apreció igualmente.

–Está claro que no lo suficiente –respondió Clotilde con una mueca irónica.

Mireille besó a su amiga en la mejilla y le dio un abrazo.

–Esta noche te quedas aquí con nosotros.

Clotilde asintió. No quería estar en el apartamento de al lado sola. Sus hermanos combatían en la guerra y su madre estaba en el campo con sus hermanas. Solo ella había permanecido en París. Había dicho que se uniría a la resistencia, aunque a medida que iban pasando los días no estaba segura de que tal cosa existiera. Sin embargo, había jurado que estaría lista si se presentaba la ocasión.

–Prepararé un poco de té. Durante un rato, fingiremos que el mundo no se ha vuelto completamente loco –dijo Mireille.

–Creo que para eso será mejor que abras una botella de vino.

Mireille asintió.

–Sí.

Pero el mundo se había vuelto loco, completa e irremediablemente loco. Y en cuanto a Mireille, esa locura adquiría la forma, en gran medida, de aquel joven oficial nazi, Valter Kroeling, que, desde el primer día que había entrado y había disparado su pistola contra un libro, se había marcado el objetivo de pasar todo el tiempo posible en la librería. Un mes después se había nombrado nuevo gerente de la tienda, provocando la indignación de su dueño.

Mireille había tenido que advertir a su padre que controlara su temperamento. Los nazis estaban despachando a los hombres de la ciudad: podían mandarlos a un campo de trabajo o a prisión por abrir la boca. Y ella no quería que eso le ocurriera a él.

Valter Kroeling entró en la tienda poco después de que Clotilde hubiera venido con la noticia de que los judíos tenían que identificarse, para informar que a partir de entonces la mitad del espacio de la librería había que dedicarlo a una división de la Correspondencia Oficial. Eso consistía básicamente en una pequeña imprenta que pronto formaría parte del circuito de propaganda alemán. También utilizarían la librería para almacenar folletos y boletines destinados a animar a la gente de París a obedecer a sus nuevos gobernantes.

Unos días después, al ver a Clotilde entrando una tarde en la tienda, Valter Kroeling se acercó a Mireille para decirle que a su amiga judía ya no le estaba permitido entrar por la puerta principal, sino que debía hacerlo por la de servicio, que estaba en la parte de atrás.

—Como el resto de la chusma judía. Aun así, quién sabe... —le susurró al oído, después de haberle colocado detrás de la oreja un mechón de su largo y sedoso cabello. A Mireille se le erizó el vello de la nuca a causa de la repulsión—. A cambio de un beso, quizás pudiera hacer la vista gorda.

Ella se apartó, forzando una sonrisa tensa. Quería contestarle que en realidad él no era un hombre, sino tan solo un muchacho que se había disfrazado de militar, pero solo apretó la mandíbula y los dientes.

—Me encontraré con mi amiga en la puerta trasera, como usted me aconseja, Monsieur —susurró ella.

El rostro del joven se endureció.

—Si eso es lo que quieres....

—Sí.

Él la miró y ladeó la cabeza. Mireille vio en su frente una hilera de granos. Extendió su mano rosada y rolliza hasta la parte superior de su blusa de lino y le tocó el cuello, dejándole una pequeña marca con sus dedos manchados de tinta.

–Aún estás a tiempo de cambiar de opinión. Puedo esperar, ya entiendes a qué me refiero...

Mireille tuvo que contenerse para apartar su mano de un golpe.

Alguien se aclaró garganta detrás de ella.

Era otro nazi, uno al que no había visto hasta entonces. Era alto, con el pelo rubio oscuro y unos ojos verdes de intensa mirada.

–Mademoiselle –dijo–. Disculpe, no sé si puede ayudarme. –Saludó a Valter Kroeling, que se levantó a regañadientes.

Kroeling saludó al hombre:

–*Heil* Hitler, Herr Stabsarzt Fredericks.

El médico asintió a su saludo y se volvió hacia Mireille.

–Esperaba que tuvieran un diccionario médico francoalemán. Me temo que mi vocabulario médico en su idioma está un poco oxidado.

Por una vez, Mireille estaba sinceramente agradecida de ver a otro militar. Se alejó para revisar el catálogo a toda prisa; cualquier cosa para escapar de Valter Kroeling y sus codiciosas manos.

–No estoy segura de que tengamos algo así, Monsieur, pero voy a comprobarlo. Si no lo tenemos, puedo encargarlo al editor.

–Eso sería muy amable de su parte –contestó él con un tono de sorpresa.

Uno de los músculos de la mejilla de Mireille se contrajo.

—Es lo que haría por cualquier cliente.

Él frunció el ceño.

—Lo comprendo.

Mireille desvió la mirada. Había visto cómo trataban a las mujeres algunos franceses por ser demasiado amables con los nazis. No había una guía sobre cómo debían comportarse, sobre cómo había que actuar con quienes eran, a todos los efectos y propósitos, sus carceleros. Todo lo que ella –y todas las mujeres a las que conocía– deseaba era decirles a todos ellos que se fueran al infierno. El problema era lo que sucedía cuando alguien hacía eso. Todos habían visto a oficiales perder su aplomo y golpear a una anciana que le escupió a la cara a un nazi y oído que habían llevado a algunos a un campo de trabajo o a un sitio incluso peor..., y las cosas que les habían hecho a otros a puerta cerrada. ¿Dónde estaba el equilibrio? ¿Hasta qué punto había que ser amable con ellos para que te dejaran en paz?

—Me temo que no tenemos ningún diccionario médico..., pero puedo encargarle uno, como ya le he dicho.

—Gracias –respondió el oficial.

Ella asintió y anotó el nombre y el número de teléfono del militar para avisarle cuando llegara el volumen.

Él vaciló y luego le preguntó:

—¿Van a instalar una imprenta aquí?

A continuación, señaló a los oficiales que habían ocupado ya la mitad de la tienda y requisado el almacén.

Ella inclinó la cabeza con una leve sonrisa y la mirada sombría.

—Nos han permitido conservar la mitad de la tienda –dijo, entre dientes–. Les estamos agradecidos.

Él asintió.

—Lo comprendo –repitió.

Había tanta compasión en su mirada que Mireille tuvo que apartar los ojos. Se sobresaltó cuando él acercó su rostro al suyo y susurró:

–Tenga cuidado con Herr Kroeling.

–¿Monsieur? –dijo ella, dando un paso hacia atrás.

Él se irguió, con el rostro impasible.

–Recuerde lo que le he dicho.

Mireille le vio salir y luego frunció el ceño. ¿Hasta qué punto era malo Valter Kroeling si incluso los suyos sentían la necesidad de advertirla sobre él?

Capítulo 10

En el Café De Bonne Chance resonaba una canción de *jazz* tranquila. A través de la neblina de humo y risas, Valerie vio a Freddy sentado en la parte de atrás, junto a una ventana, con su destartalada máquina de escribir portátil de color verde sobre la mesa, sus largas piernas cruzadas y un lápiz sujeto entre los dientes. Se revolvía el alborotado pelo oscuro con los dedos, una costumbre que tenía desde que era niño cuando le estaba dando vueltas a algo. A menudo, Valerie se había preguntado si algún día se quedaría calvo en la parte que tocaba con los dedos. Hasta ahora, había tenido suerte.

Él levantó la vista y le dedicó una sonrisa, dejando al descubierto sus dientes perfectos en su rostro rubicundo y bronceado. La miró con sus vivaces ojos castaños.

Había estado garabateando en un cuaderno que cerró en cuanto la vio.

Ella pidió un *citron pressé* y se siguió maravillando de que Freddy Lea-Sparrow estuviera en París. Cuando se sentó, él le hizo un guiño de infarto.

Ella contuvo el aliento. ¿Podría seguir el consejo de Madame Joubert y preguntarle sin tapujos si había venido porque estaba enamorado de ella? A Valerie se le escapó una risa nerviosa.

Al ver la cara de circunstancias de Freddy, ella se acobardó y le preguntó:

—¿Qué tal tu apartamento?

—Bueno, creo que podría definirse como una buhardilla, por suerte para mí. Quero decir que no podría haber venido a París como escritor y vivir en un sitio que no fuera una buhardilla, ya me entiendes... Uno debe cumplir con las expectativas, mantener unos mínimos.

Ella sonrió y tomó un sorbo del zumo de limón que le había servido el camarero.

—¿Lo que convierte un apartamento en una buhardilla es que está en el último piso? —preguntó ella, frunciendo el ceño.

—Sí, pero escucha: si no te andas con cuidado, eso podría ser considerado fácilmente como un ático. Sin embargo, mi buhardilla no corre ese peligro. En primer lugar, debo decir que puedo tocar ambas paredes si me coloco en el medio...

—¡Oh, igual que en mi habitación!

Él se echó a reír.

—Entonces estamos empatados. Pero yo tengo el lavabo roto, huele a moho y se ve el burdel de la esquina desde lejos. Pero no todo es horrible: lo han decorado en terciopelo rojo. Y está en Montmartre, lo cual lo compensa todo.

—¿En serio?

—Sí, pero en el fondo no está tan mal, y en realidad el burdel es de una única prostituta, Madame Flasusier, que hornea la mejor *tarte tatin* de albaricoque de todos los tiempos y no tiene problemas para trabar amistad con extranjeros.

Valerie se quedó boquiabierta, estupefacta.

—Fre-ddy.

Él sonrió.

–Tiene setenta y tres años. Me imagino que, si estuviera interesado en ella, podría abandonar su retiro...

Ella se echó a reír y le apretó las costillas con un dedo.

–Deja ya de tomarme el pelo.

–Imposible.

Ella le estrujó el brazo. Imposible de verdad.

–¿Y bien? –dijo él, observándola con su mirada interrogativa.

–¿Qué?

–La librería... Tu abuelo... ¿Cómo lo llevas? He tenido que mudarme a París para ponerme al día. No sé si te has enterado, pero existen unos aparatos llamados teléfonos que están al alcance de todo el mundo. Y también las cartas. Al menos podrías haberme escrito una.

–Lo sé, y lo siento. Tenía que andarme con cuidado... ¿Y si te escribo y tú me respondes llamándome Valerie...? ¿Y si Monsieur Dupont hubiera leído la carta?

–Val, soy periodista; no soy idiota.

Ella se encogió de hombros.

–Cierto.

–Entonces, ¿cómo es él?

Ella se lo contó.

Después de comer se pasaron al vino, y al final de su descanso, cuando Valerie tenía que volver a la librería, apenas habían escarbado la superficie del asunto.

Freddy tenía una mirada grave.

–Me gustaría conocerlo.

–A mí también me gustaría, pero deberás recordar que no puedes llamarme Valerie. Prométemelo, Freddy. Si lo haces, aunque solo sea una vez, creo que él lo descubriría todo. Ya me ha dicho que le recuerdo a su hija.

Freddy se sorprendió.

—Entonces, ¿no deberías contárselo?

Ella negó con la cabeza y se mordió el labio.

—Todavía no. Apenas se están abriendo a mí, solo quiero...

—¿Se están?

—Monsieur Dupont y su vecina... Sobre todo, ella, Madame Joubert —tuvo que admitir Valerie—. Me han empezado a hablar de mi madre, de la ocupación... Creo que necesitan a alguien con quien hablar de ello, aunque, evidentemente, Monsieur Dupont calla ante cualquier mención de la guerra. Se encierra en sí mismo, aunque la rabia hierve en su interior. No sé cómo se lo tomaría si se lo contara...

—¿Qué quieres decir?

—Monsieur Dupont es un poco imprevisible... La tía Amélie dijo que era volátil, y es verdad, aunque él... No sé... Se irrita con facilidad y seguramente se pondría furioso al descubrir que lo había engañado. Solo quiero saber más antes de decir nada. Creo que no se trata solo de contarle quién soy... Tengo una oportunidad que no había considerado cuando llegué aquí. La oportunidad de saber cosas sobre mi madre, de descubrir quién era antes de que muriera, de averiguar incluso cómo murió. Si les cuento quién soy, podrían dar un paso atrás, y no quiero ponerlo todo en peligro. Aún no, no después de haber recuperado una pequeña parte de mi madre.

Freddy le apretó la mano. No era necesario decir nada; con aquel simple gesto, él le estaba diciendo que la entendía. Valerie deseaba tener el valor de contarle a Freddy lo que sentía por él, de dejar al descubierto al menos una parte de sí misma. Pero cuando una atractiva camarera pasó junto a ellos y él le dedicó una sonrisa, se reprimió de nuevo. En aquel momento, el peso de todas las cosas que debía decirle era como una bola de hierro en su pecho. Incluso le costaba respirar.

Capítulo 11

El apartamento estaba en silencio y el cielo del amanecer tenía el color de una antigua herida, gris peltre y muda. Ni siquiera habían empezado a cantar los pájaros cuando Valerie se levantó de la cama. Sacó la vieja y destartalada maleta que guardaba debajo y la colocó encima. En el bolsillo interior estaba la fotografía que la tía Amélie le había dado cuando era niña. La única fotografía que tenía de su madre. Era en blanco y negro y en ella se veía a una joven Mireille con el pelo largo y rubio, sentada junto a una ventana, con las piernas dobladas. Tenía un gato en su regazo al que miraba mientras se reía.

Valerie tocó la fotografía y susurró:

—¿Qué te ocurrió? ¿Por qué nadie me lo ha contado?

Le parecía casi irreal estar en aquel apartamento, en el que su madre había crecido y donde, de niña, había pasado sus primeros años. Ahora estaba más segura que nunca de que una vez, mucho tiempo atrás, aquella había sido su habitación. La había querido pintar de color azul, como los ojos de su madre.

Pero ¿era real o un mero producto de su imaginación? ¿Cuánto de lo que creía recordar era tan solo una mente desesperada intentando llenar los vacíos de su propia historia? Metió de nuevo la fotografía en la maleta y la colocó debajo de la cama.

Al menos, se recordó a sí misma, aunque resultara muy doloroso y pudiera salir mal, por fin podría saber quién era, a quién había pertenecido en otra época. Su madre, la mujer de la fotografía con cara de buena persona y rollizas mejillas, se lo merecía. Se merecía que su hija supiera quién había sido.

Valerie se había convertido en una especie de urraca: recogía todo lo que veía y oía sobre su madre y reunía las diversas piezas para reconstruir, como si fuera un nido hecho de ramitas, joyas y desperdicios, el caparazón de la mujer que había sido Mireille. Había encontrado muestras de su letra en fichas antiguas y en los márgenes de algunos libros, un cojín que había hecho con la palabra «Gribouiller» cosida con hilo y una acuarela con unas flores de primavera colgada en la pared, con la firma apenas visible en una esquina, una M escrita en cursiva. Su madre había estado allí. Había pisado aquellos suelos y había dormido entre aquellas cuatro paredes. Había reído y llorado allí y, en alguna parte que no estaba al alcance de la vista, había más sobre su historia. Valerie debía encontrar la llave adecuada, las palabras justas para que los recuerdos afloraran a los labios de Dupont y Madame Joubert.

Así pues, buscaba cosas y formas de hacerles recordar, de tentarlos, por penoso que resultara, para que compartieran sus historias y la llevaran con ellos de vuelta al pasado, a fin de que su madre, de algún modo, pudiera vivir en el presente y en el futuro con ella.

Por supuesto, con Dupont resultaba más difícil. No se abría fácilmente, sobre todo en lo referente al pasado. Sin embargo, cuando lo hacía, ella agradecía sus palabras como una suave lluvia sobre una tierra ardiente.

A veces eran las cosas más simples que salían de los labios del anciano las que hacían que Valerie tuviera el corazón en un puño.

Como el día que cogió un ejemplar de *El jardín secreto* que se había quedado olvidado encima de una mesa y se entretuvo hojeándolo. Empezó a leer las primeras frases y él, al pasar por detrás de ella, le tocó el hombro y con una voz un poco triste le dijo:

—Era el libro favorito de Mireille cuando era pequeña. Debió de leerlo miles de veces... Solía llevárselo a todas partes. Cuando teníamos que ir a algún sitio y yo le decía: «Llévate algún libro para el camino», ella se iba corriendo para coger este, aunque podía elegir entre todos estos —le explicó, señalando con las dos manos los libros que había en la tienda.

Aunque su mirada era triste, sonrió al evocarlo.

Valerie lo miró con el corazón desbocado.

—Siempre solía decir...

El anciano se interrumpió para aclararse la garganta. Con las manos temblorosas y el ceño fruncido, sacó sus cigarrillos.

—¿Qué solía decir? —Valerie le animó a continuar.

Dupont lanzó un suspiro y miró la mesa un momento: estaba llena de libros de bolsillo que había que colocar en los estantes.

—Solía decir que no veía la hora de compartir aquel libro con sus hijos, de crear un día su propio jardín con ellos, en el caso de que llegara a tenerlos.

A Valerie se le cerró la garganta al darse cuenta de que, de alguna manera, Mireille había encontrado una forma de compartir su historia favorita con su hija.

—También es mi libro favorito —susurró ella.

Se le saltaron las lágrimas mientras recordaba. En su habitación de Londres siempre había tenido un ejemplar de aquel libro, con las páginas amarillentas y las esquinas de la tapa dobladas. Siempre. Estaba encima de su mesita de noche desde que era capaz de recordar. Tenía un olor característico y las páginas combadas: una vez se lo llevó al baño, se cayó al agua y tuvo que ponerlo a secar al sol. Una vez manchó sus bordes con mermelada de fresa: no había ido a la escuela porque tenía paperas y era realmente la única cosa que la hacía sentirse mejor. Era uno de esos libros que se cogen constantemente de la estantería, más preciado si cabe por el uso y el desgaste. Despertaba una pasión semejante a la del cuento infantil *El conejo de felpa*.

Valerie no recordaba de dónde había salido el libro... ¿Sería de su madre? ¿Se lo había llevado el día que Amélie y ella habían huido por las calles de París cuando era una niña? ¿Por qué nadie se lo había dicho nunca?

Dupont sonrió. Y le tocó de nuevo el hombro; en realidad, solo fue una torpe palmadita.

—Creo que a ella le habrías caído bien —dijo el anciano antes de alejarse arrastrando los pies, dejando a Valerie clavada en el suelo, haciendo esfuerzos por no llorar.

Freddy siempre decía que si se buscaba con ahínco una historia, se acababa encontrando. Cada vez que estaba sola en el apartamento, Valerie buscaba. Buscaba cartas, fotografías, cualquier cosa capaz de explicarle qué le había sucedido a su madre, de explicarle quién era.

Mientras el amanecer coloreaba el cielo de un tenue color *quetsche*, Valerie se vistió, bajó las escaleras para comenzar la jornada y metió varias cucharadas del café de intenso aroma en la cafetera. Cogió dos tazas del armario y esperó.

Oyó a Dupont, que empezaba a moverse en el piso de arriba: el crujido de una de sus rodillas al enderezarse y de sus desgastadas articulaciones se habían convertido en sonidos familiares que saludaban el principio y el final de cada día como si fueran sujetalibros.

Abrió al gato, que estaba en la puerta. El animal ocupó su sitio en el escritorio de Dupont, preparándose para la jornada.

Valerie se permitió una sonrisa cuando, poco después, bajó el anciano. La saludó con un gesto de la cabeza y a continuación ocupó el puesto de mando en el sofá.

Era sábado, un día que en la tienda siempre era ajetreado. En las pocas semanas que Valerie llevaba trabajando allí, se había corrido la voz de que en Gribouiller había una nueva librera, y algunos clientes que habían jurado no volver nunca más agitando el puño ante las narices de Dupont habían empezado a volver. Puede que pensaran que sería· menos proclive a hacer un comentario sobre sus compras, como el que Dupont le estaba haciendo en aquel preciso instante a la pobre infeliz que había entrado para comprar un ejemplar de *Cumbres borrascosas*, de Emily Brontë. Era una mujer joven con una larga cortina de pelo perfectamente separada por una raya en medio, y se estaba ruborizando a causa de las palabras del anciano.

–*Mon Dieu*, sálvame de los páramos y de Heathcliff –se lamentó él, sacudiendo la cabeza y arrinconando el libro en una esquina de su escritorio–. ¿Por qué no se arriesga con *Jane Eyre* si insiste en leer a las Brontë? ¿O con *La inquilina de Wildfell Hall...*, una novela muy infravalorada y, sin embargo, igualmente buena?

El rubor de la chica iba en aumento, y Valerie acudió en su rescate. Cogió a la joven por la muñeca y la condujo hasta su mesa para finalizar la venta mientras le hacía un comentario por encima del hombro a Dupont:

–Monsieur, Heathcliff no será rechazado... Puede recetar

todas las verduras que quiera, pero un corazón no se dejará engañar con una patata cuando lo que quiere es chocolate.

Valerie le guiñó un ojo a la chica, que salió de la librería sujetando el libro contra el pecho.

—¡Bah!

Fue cuanto dijo Dupont. Sin embargo, poco después Valerie habría jurado que lo había oído reírse.

Aquel mismo día, más tarde, cuando Dupont se fue para ingresar el dinero de la semana en el banco, Valerie se quedó mirando el escritorio del anciano y se mordió el labio. Si se atrevía solo a vaciarle los ceniceros, se convertiría en un oso con una astilla clavada en una pata. Estaba cubierto de libros, papeles arrugados y recuerdos. Todas las noches cerraba uno de los cajones con una llavecita de latón que luego se guardaba en el bolsillo de su chaqueta. Tal vez algunas de las respuestas que buscaba estuvieran escondidas allí.

El problema era que si él la pillaba revolviendo su escritorio, podría poner fin a todo antes de lo que ella deseaba. Y ella no quería que eso ocurriera, no ahora. Aun así, sabía que él estaría fuera al menos una hora: era la ocasión perfecta.

En cuanto vio que él ya había salido a la calle arrastrando los pies, como de costumbre, y con un cigarrillo en los labios, Valerie corrió hacia el escritorio, alejándose de los acusadores ojos del gato, que la observaba atentamente mientras revolvía cuidadosamente entre el montón de papeles y libros de bolsillo que cubrían su superficie. Allí no había nada. Probó con el cajón, pero estaba cerrado con llave. Entonces vio que la chaqueta de Dupont estaba colgada al lado de la puerta y descubrió que era su día de suerte: la llave estaba en el bolsillo, lo cual significaba que no había abierto de nuevo aquel cajón desde la noche anterior. Volvió al escritorio y abrió el cajón; se sorprendió al descubrir que estaba mucho más ordenado de lo que se habría imaginado, aunque completamente lleno de papeles y cartas. Sintió que el corazón le daba un vuelco cuando vio que también había docenas de fotografías. Cogió unas cuantas y se sentó en el sillón, sosteniendo una que le hizo contener el aliento. Era de su madre, y era en color, aunque ligeramente desvaído por el paso del tiempo; sin embargo, aún se conservaba bastante bien. Era la primera vez que veía el color del pelo de su madre, de un rubio claro plateado, y sus ojos, más oscuros que los de Dupont, casi de un azul marino, aunque se veían sorprendentemente brillantes en su rostro en forma de corazón. De algún modo, aunque ella estaba sonriendo, tenían un aire triste. Su semblante se parecía mucho al de Valerie.

Tocó la foto con el ceño fruncido. Las lágrimas le escocían en los ojos.

–¿Qué estás haciendo? –preguntó una voz a sus espaldas.

Valerie soltó la fotografía y las cartas, asustada.

Levantó la vista y vio a Madame Joubert, que la miraba fijamente con las manos en las caderas, imponente a la tenue luz de la tarde. Valerie tragó saliva y se inclinó rápidamente para recoger las cartas y las fotografías, que volvió a meter inmediatamente en el cajón. Le temblaban las manos mientras miraba a la mujer.

–Yo...

Vaciló. ¿Qué había visto Madame Joubert? No había forma de fingir que no estaba husmeando. Era obvio. ¿Qué pasaría si se lo contaba a Dupont?

Valerie se mordió el labio y a continuación improvisó una mentira que le sonó poco creíble incluso a ella.

–Quería ordenar su escritorio mientras estaba fuera... Está hecho un desastre.

Al ver que Madame Joubert fruncía con fuerza el ceño, se dio cuenta de que no iba a creerse eso... La había visto con la fotografía y las cartas. Valerie tragó saliva otra vez.

–Y el ca-cajón estaba abierto –mintió–. Sentí curiosidad, lo siento. Sentí curiosidad por él y por Mireille..., y por lo que ocurrió durante la guerra –añadió, con franqueza.

Para su sorpresa, la expresión del rostro de Madame Joubert se suavizó y se acercó a ella. La fotografía que Valerie había estado mirando se había caído detrás de la silla y Madame Joubert se agachó para recogerla. Cuando se enderezó, se llevó una mano al corazón. Se quedó mirando fijamente la fotografía con las mejillas hinchadas y formando una «O» con los labios. De repente, sus ojos se llenaron de lágrimas.

–Me había olvidado de esta... Tener una fotografía en color era un lujo en aquellos tiempos... Ya sabes, durante la guerra.

Valerie parpadeó.

–¿Fue tomada durante la guerra?

Madame Joubert asintió.

–La tomaron ellos –precisó. Estrechó los labios, fruncidos, mientras los contraía con disgusto–. El oficial nazi que hizo ese agujero en la pared... La querían para su revista.

Pronunció la palabra «revista» con desdén.

Valerie frunció el ceño y el rostro de Madame Joubert se ensombreció, tenso.

–En aquel entonces, solo los nazis podían permitirse sacar una foto en color.

Capítulo 12

Mireille esperó a Clotilde en la puerta trasera; odiaba que se vieran obligadas a encontrarse así. Estaba cansada y tenía unas oscuras ojeras. Desde que los alemanes se habían adueñado de la mayor parte de la tienda, lo único que llegaba a sus oídos eran sus voces graves y entrecortadas. Cada palabra era como un martillazo en sus nervios, y ya no podía soportarlo por más tiempo. Anhelaba la paz. Paz, también, por parte de su padre, que parecía estar siempre tenso y listo para estallar en cualquier momento y estrangular a Valter Kroeling con sus propias manos. Estrangularlo por tener aquellos peligrosos y llorosos ojos azules que acechaban a su hija dondequiera que fuera, como un hedor.

–¿Puedo ayudarle en algo, viejo? –le había preguntado Kroeling a Dupont la tarde anterior. Se dio cuenta de que su rostro se sonrojaba cuando le miraba mientras él observaba a su hija como si fuera una presa.

–Sí, me sería de gran ayuda si se fuera al...

–¡Papá! –intervino Mireille, con el tono agudo de una advertencia.

Dupont se interrumpió de mala gana, articulando un «puf» solo con los labios, parecido al sonido de un neumático que se va pinchando lentamente. Mireille apretó la mandíbula. Los ojos de Kroeling brillaban, triunfantes. La última vez que su padre se había enfrentado verbalmente a él, el oficial nazi amenazó con dispararle. Mireille había tenido que presenciar cómo lo golpeaba con una fuerza sorprendente hasta hacerlo caer. Al ver a su padre tirado en el suelo con un hilillo de sangre saliendo de sus labios mientras miraba fijamente al nazi, Mireille tuvo que acercarse él y suplicarle que no dijera ni una palabra más. A partir de entonces, tuvo que aprender a contenerse. Su vida dependía de ello.

En cuanto a Mireille, podía lidiar con las miradas de Kroeling, con la forma en que la seguía a todas partes con los ojos, con tener que esperar hasta que él le daba la espalda para poder ir al baño y que no la siguiera, pero lo que no podía soportar era la idea de que algo pudiera ocurrirle a su padre.

Mireille esperaba apoyada en la puerta. Tenía diecinueve años, pero en aquel momento se sentía más cerca de los cuarenta. Aunque hacía tiempo que había dejado de rogar ayuda al cielo, rezaba para que le sucediera algo a Valter Kroeling –una bala, un cuchillo– o que al menos le trasladaran a otro lugar. Sin embargo, él siempre seguía estando allí cada vez que ella se daba la vuelta, con su sonrisa bajo aquel bigotito y sus afilados dientes puntiagudos listos para chuparle la sangre, como un parásito que quisiera sorberle la vida.

Por eso, cuando vio a Clotilde acercándose por la calle con paso decidido, los hombros erguidos a pesar de la estrella que ahora estaba obligada a llevar en su ropa –mientras que el resto de mujeres se ponían lo que les gustaba– y su fiera mirada, Mireille supo que algo había cambiado. Y esperaba que fuera para mejor.

–Aquí no –dijo Clotilde entre dientes–. Vamos al parque.

Mireille asintió. Avanzaron deprisa por la orilla del Sena

hasta llegar al parque. Había refrescado; el aire olía a lluvia y a algo más, como a nuevas posibilidades.

Cuando miró a Clotilde, Mireille vio –por primera vez en muchas semanas– que su pelo rojizo parecía otra vez brillante y vaporoso, y que, como siempre, se había pintado los labios. Mientras se adentraban en el parque, con las hojas crujiendo bajo sus pies, descubrió por qué.

–Me he unido a la resistencia –susurró Clotilde, entrelazando su brazo con el de su amiga.

Mireille puso unos ojos como platos.

–¡Clotilde!

–Shhh.

–¿En serio, Clotilde?

Mireille se había quedado sin aliento, en parte por los nervios y en parte por la emoción. Por primera vez en muchos días, sintió algo en su interior, como un rayo de luz entrando en una habitación a oscuras.

–Sí. Somos un pequeño grupo. Escribimos signos y carteles.

Clotilde torció los labios pintados en una mueca que parecía de diversión.

–¿Signos y carteles? ¿Sobre qué?

–Sobre que París nunca será suyo. Sobre que estamos aquí... y que cada día somos más fuertes.

–Pero ¿de qué sirve eso? ¿Cómo ayuda? –preguntó Mireille.

–Contribuye a decirle a la gente de París que no está sola y demuestra a los alemanes que aún no nos han sometido a todos. Aún no.

Llevaban un rato paseando cuando Clotilde señaló un enorme muro con un mensaje. La pintura negra todavía rezumaba. Decía: «Resistid».

Mireille se volvió hacia su amiga; le brillaban los ojos.

Cuando salieron del parque, ya había decidido unirse a ellos.

El problema surgió más tarde, aquella misma noche. Mireille pensó en lo que significaba realmente unirse a la resistencia. Para ella. Para ellos. Y en especial para su padre. ¿Merecía la pena poner su vida en peligro por unos cuantos mensajes escritos en la pared? Sobre todo, si ello significaba que debía dejar a su padre solo con los nazis. Solo con Valter Kroeling. La idea la hizo estremecerse. ¿Cuánto tardarían en matarlo si ella se iba? Era evidente que la forma más segura de evitar que fuera a la cárcel era que pasara el mayor tiempo posible fuera de la librería, e incluso eso era como intentar detener la marea. No había nada que pudieran hacer. Incluso si ahora quisieran cerrar la tienda, no podrían hacerlo: necesitaban el dinero, y, además, no tenían ningún lugar adonde ir. Y la idea de dejar el apartamento a los nazis –a Valter Kroeling en particular– era nauseabunda.

A pesar de los peligros, a pesar del hecho de que no tenía sentido arriesgar tanto a cambio de tan poco, fue la sensación que tuvo aquel día, en el parque, con ese brillo en los ojos, la suave brisa de verano removiendo su pelo, la sensación de que por fin había algo que le hacía sentir que volvía a merecer la pena vivir la vida, lo que hizo que se decidiera a unirse a la resistencia.

Salía con Clotilde en plena noche, vestida de negro. Junto con algunas chicas con las que había ido a la escuela, escribía mensajes en los muros de la ciudad. Volvía a casa justo antes del amanecer, con el corazón desbocado, pero con la moral alta. De algún modo, tratar con Valter Kroeling resultaba más llevadero. Cuando, a pesar de haberse restregado a conciencia, descubría que todavía tenía pintura negra en los dedos, cerraba el puño, como si fuera una insignia del honor secreta.

—Tú solo ten cuidado –le susurró su padre la segunda noche, cuando regresó de nuevo cuando estaba amaneciendo. Ella se llevó la mano al corazón cuando él asomó su cabeza llena de canas por las escaleras–. Clotilde... En fin, ella nunca ha sido capaz de hacer las cosas a medias, ya lo sabes.

—Todo irá bien, papá. No hará nada que pueda provocar nuestra detención.

Era verdad: se trataba de una operación bien orquestada. Clotilde conocía los horarios de todos los oficiales alemanes destacados en su *arrondissement*; sabía cuándo se estaban tomando un descanso y dónde preferían ocultarse para mantenerse al acecho. Clotilde era como un gato merodeando por la ciudad a altas horas de la noche.

Mireille no le preguntó a su padre cómo sabía dónde habían estado. Era consciente de que él tenía sus propios informadores.

Dupont miró a su hija y sacudió la cabeza.

—No me gusta. He oído que están empezando a castigar a los que pillan... ¿Crees que unos mensajes en una pared merecen que tu vida corra peligro?

Al escuchar aquellas palabras, Mireille se quedó helada. Él lanzó un suspiro.

—Hago todo lo posible –continuó él con una voz ligeramente temblorosa que a ella le rompió el corazón– para no perder el control ante ellos durante el día, ¿y ahora tú te dedicas a esto por las noches?

A Mireille le resultó insoportable ver tanda decepción en los ojos de su padre. Sabía que tenía razón. Pero, aun así, él no podía comprenderlo.

–Tengo que hacer algo, papá, o me volveré loca.

El rostro de Dupont se relajó levemente.

–Preferiría que no hicieras nada. –Fue todo lo que él le respondió. Lo cual era peor que si le hubiese gritado.

Él no le prohibió que lo hiciera. Quizás habría sido mejor que lo hubiera hecho. Así, Mireille se sentía aún más rota por dentro.

Capítulo 13

Mireille odiaba tener que admitirlo, pero su padre tenía razón. Clotilde se había vuelto imprudente. Incluso ella se daba cuenta. Después de que durante las últimas semanas su amiga hubiera demostrado su valía –reconocida por la red de los altos rangos, que habían oído hablar de ella– escribiendo consignas de la resistencia en los muros de la ciudad a altas horas de la noche, había empezado a entregar mensajes. Mensajes que servían para correr la voz sobre los ataques planeados contra los oficiales, ayudar a escapar a los soldados que habían sido capturados y falsificar documentos. Si la hubiesen interceptado, Clotilde, sin duda alguna, habría muerto.

Mireille estaba preocupada por ella, porque había empezado a correr demasiados riesgos. Hasta entonces, siempre había alguien vigilando. Alguien que hacía guardia para avisarlas a fin de que pudieran desaparecer antes de que fueran detenidas. Al principio, cuando Mireille empezó a acompañarla, Clotilde salía una o dos noches a la semana. Sin embargo, ahora estaba operativa día y noche. ¿Cuánto tiempo pasaría hasta que la detuvieran?

–Esto es algo más que garabatearen una pared –le había explicado Clotilde una noche que la lluvia azotaba los tejados, amortiguando su voz, mientras Mireille estaba en las escalera. Era pasada la medianoche y estaba esperando el regreso de su amiga. Un eco de la advertencia que le había hecho su padre unas semanas atrás.

Los ojos oscuros de Clotilde echaron chispas cuando entró en la tienda y brillaron cuando vieron que Mireille estaba esperando. Ya no llevaba estrella de David cosida a la solapa. Si los nazis se daban cuenta de eso, seguramente la mandarían a prisión.

–Estoy preocupada, Clotilde. Esto es demasiado. Tienes que dar un paso atrás. Por favor.

La amiga de Mireille se sacudió el pelo y enderezó sus anchas espaldas.

–Ahora hay mucha gente que se está uniendo a nosotros. Y está ese hombre..., De Gaulle, que retransmite por radio en secreto. Eso es lo que he estado haciendo esta noche: solo escuchar. Escuchar todo lo que han planeado... para recuperar el país desde dentro. Ahora estamos a punto de conseguirlo, Mireille. Si permanecemos unidos, nos libraremos de ellos. Sin embargo, primero debemos combatir este miedo que nos han inculcado... Nos hacen creer que somos más débiles de lo somos en realidad con esos absurdos toques de queda... Porque saben que es el momento de contraatacar, y lo haremos –dijo Clotilde, golpeando la palma de la mano con el puño–. Ya lo verás. Confía en mí.

Mireille asintió. Quería creerla a toda costa. Todos los días, los nazis iban dejando a la gente sin dignidad, imponiendo horarios, racionamientos y leyes... Unas leyes que ahora significaban que su mejor amiga ya no era una persona «aceptable». Era impensable: Clotilde era la persona más valiente que había conocido en toda su vida.

A la mañana siguiente, Mireille se despertó cansada, con el estómago protestando porque tenía hambre. Aquel era el nuevo estado de las cosas. El racionamiento que los nazis les habían impuesto significaba que algunos días simplemente no había suficiente comida para ella, para su padre y para Clotilde..., que, por su condición de judía, aún recibía menos alimentos. Y a eso había que sumarle la tensión de tener a los nazis constantemente en la tienda. Ahora, además de hambrienta, Mireille estaba tensa, siempre a punto de estallar, y se notaba.

El doctor del ejército, Mattaus Fredericks, volvió a la librería Gribouiller seis semanas después de haber encargado el diccionario médico. A medida que iban pasando los días, se dio cuenta de que ya no necesitaba tanto ese libro, porque en los últimos meses había tenido que aprender el vocabulario específico en francés. A fin de cuentas, el dolor solo hablaba un idioma. Aun así, cuando Mademoiselle Mireille lo llamó para decirle que el diccionario había llegado, decidió pasarse por la librería y llevárselo, sobre todo porque así podía volver a ver su rostro. Sus jornadas en el hospital eran grises y ansiaba ver de nuevo a la atractiva librera más de lo que le hubiera gustado admitir.

Cuando entró en la tienda se quedó mirándola: estaba sentada detrás de un enorme escritorio, revolviendo un montón de papeles. El médico se aclaró la garganta para llamar la atención de Mireille. Ella levantó la vista, con el ceño fruncido. Él se sorprendió al ver cómo había cambiado desde su primer encuentro: sus enormes ojos azules habían perdido su brillo, y su pelo, que le llegaba hasta los hombros, ya no parecía tan reluciente y plateado como antes. Su piel era de un tono casi grisáceo. Aunque seguía siendo muy hermosa, su aspecto era descolorido, como el de una acuarela.

—Ah, Herr doctor —dijo Mireille, levantándose para ir a buscar el diccionario, que había colocado en un estante cercano junto con los otros pedidos.

El médico tenía un aspecto imponente con sus brillantes ojos verdes, su pelo rubio oscuro y su cuerpo grande y musculoso.

Él se quedó mirándola fijamente. Le pareció que estaba más delgada.

—¿Se encuentra bien, Mademoiselle? Está un poco pálida y triste.

Ella se irguió y abrió ligeramente la boca, como si la hubieran sorprendido sus palabras. De repente, sus ojos azules se encendieron. Se acercó a él, furiosa, con una mano apretada en la cadera.

—¿Triste? ¿Me está preguntando de verdad por qué estoy triste?

Mireille desvió la mirada de él y la fijó en el otro extremo de la tienda, donde estaba el grupo de oficiales nazis, ocupados con la imprenta.

El doctor aspiró aire entre los dientes. Mireille le había hablado en voz baja; solo él había podido escuchar su respuesta, pero era escalofriante. Se arrepintió inmediatamente de habérselo preguntado.

Ella soltó aire con fuerza.

—A veces, ustedes, los alemanes, hacen demasiadas preguntas. ¿No les basta con estar aquí? Es absolutamente increíble que, además, tengamos que alegrarnos por ello. —Mireille emitió un leve gruñido burlón y luego continuó, tratando de recobrar la compostura—: ¿Puede conformarse con que sea educada? La educación es lo último que me queda, y últimamente también está empezando a fallarme... La falta de comida provoca estas cosas.

Mireille le entregó el libro al médico y forzó una sonrisa muy falsa.

—Que tenga un buen día —dijo, despidiéndolo.

Él no hizo ninguna intención de marcharse. Mientras rebuscaba en su bolsillo, dijo:

–Aún no le he pagado.

–Olvídelo –respondió ella, apretando la mandíbula.

–Insisto –dijo él, dejando el dinero sobre el mostrador. Pero no se fue.

Mireille rechinó los dientes mientras él la miraba fijamente, examinándola con cierta preocupación.

–¿Necesita algo más? –le preguntó ella, haciendo un esfuerzo por mantener la compostura. A pesar de todas las lecciones que le había dado a su querido padre, lo cierto es que ella había heredado parte de su temperamento.

–¿Tienen suficiente comida? –preguntó él–. En las mujeres, la falta de hierro es habitual, sobre todo si se racionan los alimentos. Elija bien y asegúrese de comer verduras de hoja, carne y descanse todo lo que pueda.

Ella abrió unos ojos como platos.

–¿Que descanse? Monsieur, ¿cómo puedo descansar si sus hombres están aquí siempre? Siempre.

Como hecho a propósito, y quizás para defender lo que él consideraba su territorio, Valter Kroeling entró en la tienda, que aquella mañana había estado relativamente tranquila sin la presencia del oficial. Miró a Mireille y al doctor, y luego hizo el saludo.

–Herr Stabsarzt Fredericks –dijo, aunque sus ojos claros y llorosos parecían brillar con algo parecido a la sospecha.

–Kroeling.

–Mademoiselle –dijo Kroeling arrastrando las palabras. Se volvió hacia ella enseñando sus dientes puntiagudos con una sonrisa de rata que a Mireille siempre la dejaba petrificada–. Debemos repasar las nuevas órdenes: hay algunos libros que han sido prohibidos. –Le dedicó al doctor una leve sonrisa–.

No me gustaría que la joven y su padre se metieran en un lío –le explicó a Fredericks, quien, para su evidente fastidio, aún seguía allí.

–De modo que han instalado la imprenta aquí –dijo Fredericks, volviéndose hacia Kroeling con una ceja enarcada.

Kroeling asintió.

–Pensaba que consideraban que este local era demasiado pequeño.

–Es más que adecuado –dijo Kroeling, frunciendo el ceño cada vez más–. Y, además, su ubicación hace que sea perfecto para distribuir los folletos.

Como oficial médico de más rango, Fredericks tenía derecho a preguntar y a sugerir mejoras, sobre todo si se referían a la salud y la seguridad del ejército; sus sugerencias en este sentido no podían ignorarse, especialmente si era en interés del Reich.

Fredericks miró a los hombres apiñados en la mitad de la tienda; compartían una mesa grande cubierta de montones de revistas y boletines. La pequeña imprenta, junto con las máquinas de escribir y el equipo, ocupaban la mayor parte del espacio, que se veía abarrotado. Había mucho ruidoso.

–Provoca ciertas molestias a la familia. Recomiendo que se consideren otras opciones. Parece... estrecho. Es poco eficaz...

Aunque se mordió la lengua, Kroeling mostró una mirada incendiaria al escuchar el insulto.

–Entonces, tal vez debería ocupar toda la tienda; así dispondríamos de más espacio... Hemos intentado ser amables dejando que la familia conserve su negocio. Seguro que, de lo contrario, sería más molesto para ellos.

El rostro de Fredericks mostraba una expresión impasible.

–Sí, podría hacer eso, pero, incluso así, el espacio seguiría siendo insuficiente. Y esta es una magnífica librería en el centro de París que atiende a mucha gente. No me gustaría tener que presentar un informe diciendo que esta operación resulta ineficaz..., por no decir caótica.

Es posible que aquella palabra fuera el factor determinante.

–Tal vez sería más fácil que se trasladaran al cuartel general y almacenar aquí parte de los folletos; la ubicación de este local facilita su distribución, como ha dicho antes... Esa sería una buena solución.

Aunque Kroeling mostró una expresión asesina en su rostro, inclinó la cabeza. Sabía que el adjetivo «caótico» para definir su trabajo sería fatal.

–Haremos lo que usted sugiere. Sin embargo, como gerente de la librería nombrado por Herr Brassling –Brassling era un comandante en jefe, superior en rango a Fredericks–, me aseguraré de pasar por aquí regularmente –le dijo a Mireille con la mirada torva, culpándola de aquello. La expresión de Kroeling dejaba claro que pensaba que le había hecho algún comentario al médico sobre la situación; de lo contrario, Fredericks nunca habría interferido–. Sobre todo, teniendo en cuenta que se han pedido algunos libros prohibidos.

El doctor asintió.

–Me parece bien.

Fredericks miró a Mireille, que le devolvió la mirada, sorprendida. ¿Era cierto que aquel hombre, al que acababa de insultar, se las había arreglado de algún modo para hacer realidad uno de sus sueños? ¿Pasar menos tiempo con los nazis y sobre todo con Valter Kroeling?

Sabía que no debía darle las gracias, pero sí le dedicó la primera sonrisa sincera que le ofrecía a alguien desde hacía mucho tiempo, en especial cuando Kroeling empezó a gritar órdenes a sus hombres para que empezaran a trasladar todas sus cosas al cuartel general alemán, situado a varios kilómetros de distancia.

Capítulo 14

Después de haber ido a recoger el diccionario, Mattaus Fredericks pasaba por la tienda cada semana. Siempre compraba un libro, aunque Mireille sabía, del modo en que todas las mujeres parecen saber estas cosas, que realmente iba a verla a ella. Comprobaba su estado de salud, como si fuera uno de sus pacientes.

De vez en cuando le traía frutas y verduras, y en alguna ocasión incluso carne. Cuando Mireille rechazó los alimentos, él le dijo que eran excedentes del hospital.

—Nos proveen más de lo que necesitamos... La comida se calcula para un centro de doscientas camas, pero la mayoría de los días no llegamos a esa cifra y sobra comida; una comida que se desperdiciaría. Pensé que podría venirles bien; nosotros la tiraríamos... Pero si lo prefiere puedo...

—No, está bien. Nos la quedaremos. Gracias.

Mireille era orgullosa, y gran parte de ella quería rechazar los regalos del doctor. Sin embargo, Clotilde se podía contar las costillas y ella misma había bajado una talla, a pesar de que ya era delgada por naturaleza. Podían disfrutar de aquella comida; no importaba de dónde viniera.

Unas semanas después, Mattaus se sintió complacido al ver que las mejillas de Mireille habían recuperado el color y que tenía menos ojeras: se alimentaba con mejores nutrientes y ya no estaba bajo la constante y vigilante mirada de Valter Kroeling.

A pesar de la interferencia de Mattaus, Kroeling no había dejado de pasar por la librería varias veces a la semana. Sin embargo, como ya no estaba todo el día en la tienda, a Mireille le pareció, por primera vez en muchos meses, que podía respirar de verdad.

Finalmente, ahora que la imprenta ya no estaba en la pequeña librería, su padre también pudo reanudar su trabajo, ya que había menos posibilidades de que perdiera los estribos y acabara en la cárcel.

No obstante, unos días después, todo cambió. Mattaus entró al mismo tiempo que Valter Kroeling. El joven oficial dijo:

–Veo que ha vuelto, Herr Stabsarzt. Me sorprende que prefiera esta librería cuando hay otra mucho más cerca del hospital.

El médico le dedicó una sonrisa de cortesía y respondió:

–Así es, pero..., en fin, no es tan buena como esta ni está tan bien surtida.

Otro oficial nazi miró a Mattaus y luego a Mireille, que estaba ocupada colocando en los estantes unos libros que acababan de llegar. El militar enarcó una ceja.

–Tal vez hay algo más que atrae al doctor hasta aquí –dijo.

Uno de los hombres de Kroeling se echó a reír y dijo:

–Tal vez sea el bistró de la esquina, que funciona como burdel.

El médico se volvió para mirar al hombre que había hecho aquel comentario, que pareció acordarse en seguida de sus modales.

–Le pido disculpas, capitán.

–Bien.

Cuando Kroeling y sus hombres se fueron, Mireille le preguntó al doctor:

–¿Por qué le ha llamado «capitán»?

Era simple curiosidad. Curiosidad por el hombre al que Kroeling parecía odiar y respetar, y curiosidad porque, de alguna manera, gracias a eso, las cosas habían mejorado, aunque no quería mostrarse demasiado agradecida por la presencia de un oficial nazi en su vida: no podía estar segura de si él esperaba algo a cambio de su amabilidad, y no quería escapar del fuego para acabar cayendo en las brasas.

–Porque, aunque soy médico, también soy capitán.

Ella asintió. No la hizo sentirse exactamente mejor saber que su nuevo «amigo» era un nazi de alto rango. No la hacía sentirse mejor en absoluto.

El otro problema de tener a Mattaus Fredericks en la librería con tanta frecuencia fue que Kroeling se dio cuenta de ello. Es posible que el joven oficial se lo tomara como un desafío. Desgraciadamente, el resultado fue que el alivio temporal de su constante presencia del que Mireille había disfrutado llegó pronto a su fin: Kroeling se presentaba más a menudo, en ocasiones hasta dos veces al día. Incluso después de que cerraran la tienda, lo encontraba allí, esperando junto a la puerta.

Esta nueva situación era especialmente peligrosa para Clotilde.

Aunque su amiga se esmeraba en disfrazarse cada vez que acometía una misión, el hecho de ver a Valter Kroeling cerca del apartamento, sabiendo que ahora vigilaba la tienda a horas intempestivas, significaba que debía tener más cuidado.

–De momento, baja el ritmo –le advirtió Mireille–. Es demasiado arriesgado.

Clotilde se enfadó.

–Eso es lo que ellos quieren..., que nos sintamos derrotados; pensar que no tenemos más remedio que dejar de luchar, rendirnos. No dejaré que se salgan con la suya.

Mireille sacudió la cabeza. Estaba cansada, harta de todos aquellos juegos, de la política, de las maniobras.

–¿Acaso no lo han conseguido ya?

Su amiga negó con la cabeza.

–No, todavía no –dijo.

Clotilde había convencido a Mireille para utilizar la librería como uno de los lugares donde podían entregar la correspondencia secreta de la resistencia. Era sencillo meter una nota entre las páginas de un libro y dárselo a uno de los miembros, que siempre era una mujer que llevaba una bufanda roja. Mireille se metía las notas en el bolsillo y por la noche se las pasaba a Clotilde. Durante las últimas semanas, Mireille había realizado algunos de estos intercambios. Cada vez que lo hacía le emocionba saber que todo ocurría ante las narices de Vaslter Kroeling e incluso de Mattaus Fredericks. Sin embargo, ahora que Kroeling se había acostumbrado a aparecer a horas intempestivas, presentándose cuando menos se lo esperaba, ya no era seguro.

–No podemos seguir haciéndolo, Clotilde. Aquí no. Ya has visto cómo nos observa... Acabará descubriéndolo.

Clotilde asintió y Mireille respiró aliviada. Sin embargo, la sensación de alivio duró poco. Su amiga enderezó los hombros.

–Tendré que encontrar otro sitio para hacer los intercambios... No puedo parar. Ahora no.

–Ojalá lo hicieras. Esto es peligroso... Ahora más que nunca, sobre todo para ti.

Mireille se refería a la creciente animosidad que los alemanes mostraban contra los judíos.

Clotilde asintió.

–Por eso tengo que seguir luchando, ¿no lo entiendes?

Estaba a punto de sonar el toque de queda cuando, una semana después, a mediados de otoño, Valter Kroeling apareció en la puerta de la librería. Estaba borracho. Entró con la copia de la llave que había mandado hacer. Mireille estaba ocupada, ordenando. Estaba sola. Tragó saliva al verlo allí. Él le dedicó una sonrisa lasciva mientras entraba tambaleándose y emitía un escalofriante silbido. Evidentemente, se alegraba de encontrarla a solas.

–Me preguntaba si alguna vez te encontraría aquí sola, *Fräulein* –dijo. Le temblaban los labios, con su bigotito encima. Una estremecedora sonrisa dejó ver sus dientes, afilados y llenos de saliva.

El corazón de Mireille comenzó a latir apresuradamente. Miró hacia las escaleras, que su padre había subido hacía poco.

–Herr Leutnant Kroeling, me temo que ya hemos cerrado. Estaba recogiendo antes de acostarme.

La sonrisa de Kroeling se ensanchó.

–¿Eso es una invitación?

Mireille tragó saliva y dio un paso atrás.

–No, lo siento... Quería decir que me voy arriba. Mi padre...

–Seguro que puede esperar, ¿no? No nos llevará mucho tiempo –dijo el oficial.

Antes de que ella se diera cuenta, Kroeling la había agarrado por los brazos y su rostro estaba a pocos centímetros del suyo. Su aliento agrio, que olía a *whisky* rancio y a cigarrillos, invadió sus fosas nasales mientras tiraba de ella para besarla.

–¡No! –gritó Mireille–. Suélteme, por favor.

Él se echó a reír y la estrechó aún con más fuerza, en un abrazo que la aplastaba y la ahogaba, destinado a demostrarle una sola cosa: que era mucho más fuerte que ella.

–Ya me has tomado bastante el pelo enfrentándome a tu doctor... Pensaba que eras suya, pero he hecho averiguaciones para estar seguro y he visto que me equivocaba.

–Lo soy –respondió Mireille–. Estoy con el doctor –dijo ella repentinamente, con miedo en la mirada y en el corazón, agarrándose a aquella mentira como a un bote salvavidas.

–No, *Fräulein*, él lo ha negado. El doctor solo viene aquí a por sus libros. Creo que tú solo me perteneces a mí... Creo que incluso él lo ha entendido –dijo Kroeling.

Entonces, la mirada del oficial se endureció y se volvió amenazadora. La besó en los labios con fuerza y brusquedad. Ella se defendió. Sintió náuseas cuando le metió la lengua en la boca, caliente y pútrida: sabía a alcohol rancio y a algo más que lo definía a él, un ser vil y viscoso. Ella lo empujó, pateando y golpeando, arañándole para librarse de él. Finalmente la soltó. Mientras Mireille intentaba recuperar el aliento, él la abofeteó, lanzándola al suelo. La sala empezó a dar vueltas y vio las estrellas mientras notabas la sangre en los oídos. Se fue tambaleando hacia la puerta, a rastras. Él la cogió por el tobillo y tiró de ella hacia atrás con fuerza. Mireille arañaba el suelo de madera con las uñas mientras gritaba y las lágrimas llenaban sus oídos. Kroeling se colocó encima de ella, con los ojos brillantes de triunfo. Le tapó la boca con una mano para sofocar sus gritos mientras se desabrochaba los pantalones y le levantaba la falda. Mireille no dejaba de aullar.

Entonces, de pronto, se oyó un fuerte chasquido y Mireille ya no sintió más sobre su cuerpo el peso de Kroeling. Con el corazón desbocado, miró hacia arriba a través de una niebla de lágrimas. Vio el rostro de su padre y sus manos, manchadas de sangre.

–¡Papá! –exclamó, jadeando–. ¿Qué has hecho?

Capítulo 15

Mireille se acercó al cuerpo de Valter Kroeling para comprobar si respiraba. Estaba boca abajo; en el suelo de madera había sangre. Temblaba cuando acercó el oído a sus labios. Y también rezaba. Escuchó el ritmo lento de su respiración y se sentó sobre sus talones, cerrando los ojos y meciéndose de un lado a otro mientras los sollozos le cerraban la garganta. Su padre corrió hacia ella para abrazarla; se arrodilló en el suelo y la estrechó.

Mireille apoyó la cabeza en el hombro de su padre, aspirando su reconfortante y familiar olor mientras sollozaba aún más que antes.

–Ahora ya está –dijo Vincent–. No te hará daño.

Ella sacudió la cabeza, tratando de recuperar el aliento. Le temblaba la barbilla.

–No, papá. ¿Qué pasará cuando descubran lo que has hecho?

Él la miró con sus fieros ojos azules, incrédulo.

–Ha intentado violarte en mi propia casa. Estaba defendiendo a mi hija... Tienen que entenderlo, comprenderán que solo te estaba protegiendo. Además, estaba borracho, fuera de sí.

Mireille negó con la cabeza. Deseaba que él estuviera en lo cierto, pero después de haberse visto obligada a convivir con esos oficiales nazis todo el día, ahora sabía cómo eran.

–¡Oh, papá! Nunca le culparán por eso; nunca, no sin un testigo... Un testigo alemán –corrigió Mireille–. Nunca creerán en nuestra palabra.

Entonces, él la miró y por primera vez fue consciente de lo deprisa que había madurado y de lo espantoso y aterrador que resultaba tener que admitirlo.

Mireille y su padre trasladaron a Valter Kroeling al pequeño almacén que había en el sótano y atrancaron la puerta. Vincent insistió en que cuando el oficial se despertara y hubiera que enfrentarse a una investigación, diría la verdad, aunque quizás incluso él mismo sabía que las posibilidades de librarse de un pelotón de fusilamiento eran, en el mejor de los casos, mínimas. Y esa fue la razón de que se le ocurriera un plan.

A la mañana siguiente, Vincent le pagó a un niño para que le entregara un mensaje al doctor Mattaus Fredericks diciéndole que fuera cuanto antes.

Cuando llegó el médico, Vincent se llevó un dedo a los labios y lo condujo al almacén donde Valter Kroeling aún yacía en el suelo, con los brazos y las piernas extendidos y profundamente dormido. Un enorme hematoma de color púrpura rodeaba uno de sus ojos. Roncaba con la boca abierta; su aliento despedía un fuerte y repugnante hedor a alcohol rancio. Mattaus se inclinó para examinarlo y arrugó la nariz por el desagradable olor.

—Parece que lo han golpeado.

Dupont asintió.

—Así es. Fui yo.

Mattaus enarcó una ceja y Dupont dijo:

—Lo hice cuando le sorprendí intentando forzar a mi hija.

Los ojos del doctor brillaron, furiosos. Luego se levantó, indicándole a Dupont que lo siguiera.

—¿Intentó violar a Mireille?

Dupont asintió.

—Sí. Anoche.

–¿Sin conseguirlo?

Dupont cerró los ojos. No le gustaba admitir lo poco que había faltado. Si él no hubiera estado en el piso de arriba... Si no hubiera oído ruido en la tienda...

El médico suspiró aliviado.

–Escuche, cuando se despierte..., seguramente será mi fin. Lo sé –dijo Dupont–. Sé lo que le hacen a la gente que se enfrenta a ellos y él no es una persona razonable... Pero no se trata de mí. He mandado llamarlo porque creo que, a su manera, usted se preocupa por mi hija. Anoche, antes de intentar violarla, él le dijo a Mireille que se había mantenido alejado de ella solo porque pensaba que cabía la posibilidad de que fuera su «chica». No quiero que me malinterprete, no creo que tal cosa suceda, pero me gustaría que cuidara de ella si al final soy ajusticiado.

El doctor asintió.

–Cuidaré de ella, se lo aseguro. Pero estoy seguro de que esto no acabará así.

Mattaus despertó a Valter Kroeling con un cubo de agua helada. Kroeling se sobresaltó, gimiendo y tambaleándose mientras intentaba ponerse de pie. Luego se sentó. Se llevó las manos a la cabeza ensangrentada y notó el bulto que se había formado en su frente. En su rostro apareció una expresión de ira a medida que iba recordando lo ocurrido la noche anterior.

–¡Voy a matar a ese viejo con mis propias manos! ¡Debería haberlo hecho el primer día que entré aquí!

Kroeling se apretó los costados con los puños y se inclinó hacia adelante, gritando y profiriendo amenazas. Mattaus le puso una pesada mano sobre el hombro. El médico era un hombre alto e imponente, y Kroeling se detuvo al ver su rostro, que exhibía una expresión de frialdad.

—Me temo que te va a costar mucho conseguirlo mientras yo esté aquí después de lo que hiciste anoche.

—¿Qué hice anoche? —preguntó Valter Kroeling, inexpresivo. Entonces su mirada se oscureció y sonrió—. Ah, ¡esa zorra! Supongo que le habrá contado alguna mentira y se la ha creído.

—Así es.

—Entonces es usted un ingenuo.

—Y tú un violador.

La mirada de Kroeling se encendió.

—O tan solo un amante. ¿Se ha parado a pensar alguna vez que la actitud ingenua de esa chica puede que sea tan solo una fachada?

Mattaus apretó los dientes.

—Lárgate de aquí ahora mismo. Vete a dormir la mona. Es una orden.

Kroeling se frotó la cabeza y se volvió para marcharse, pero antes de hacerlo le espetó:

—Ese viejo no puede golpearme como si nada y salir impune...

El médico lanzó un suspiro.

—He dicho que te largues.

Kroeling frunció los labios.

—Esto no ha terminado.

Mattaus sabía que era una advertencia. Cuando Kroeling se hubo ido, el médico murmuró:

—No, no ha terminado.

Estaba enfadado y se sentía fuera de control. No era una sensación agradable.

Aquella misma tarde vinieron a detener a Dupont. Los hombres de Kroeling golpearon al padre de Mireille y se lo llevaron esposado mientras ella gritaba y chillaba.

De momento solo lo habían mandado a prisión. Al parecer, Mattaus había logrado convencerlos de que el encarcelamiento sería la mejor opción para un padre que pensó que su hija estaba siendo violada y reaccionó para defenderla.

Mireille les siguió hasta la cárcel, rogando e implorando, pero sus súplicas cayeron en saco roto. Cuando volvió al apartamento le dio un vuelco el corazón pensando que podía haber alguien dentro. Entró con un nudo en la garganta y vio una maleta de hombre y una caja con objetos personales junto a las escaleras. Cogió una estatuilla de la Virgen María que había en un estante y empezó a subir. Si Kroeling estaba arriba, se enfrentaría a él... Resistir o morir, se dijo. No le dejaría que terminara lo que había empezado la noche anterior.

Cuando entró en el apartamento abrió unos ojos como platos: el doctor estaba sentado en el sofá, esperándola.

–¿Qué está haciendo aquí? –preguntó, en estado de *shock*.

Él se mordió el labio inferior durante un momento, como si no estuviera seguro de por dónde debía empezar.

–Me he trasladado.

Ella resopló.

–¿Que usted... qué?

En cuanto el médico se puso en pie, a Mireille se le doblaron las rodillas. No era posible que estuviera ocurriendo otra vez. Era muy alto y muy corpulento. A su manera y a pesar de su físico, le había parecido amable, aunque quizás no lo fuera. ¿Acaso es que todos los hombres estaban locos y solo eran criaturas primitivas?

Él levantó las manos mientras ella agarraba la estatua como si estuviera dispuesta a utilizarla como arma.

–Solo estoy aquí para protegerla.

Ella frunció el ceño, bajando ligeramente el arma.

–¿Para protegerme?

–Sí... Su padre...

–No me hace ninguna falta que mi padre me proteja.

Él le dedicó una media sonrisa que dejó al descubierto una dentadura perfecta.

–Por supuesto que no. Lo que estoy diciendo es que su padre habló conmigo...

–¿Habló con usted?

–Me explicó lo que ocurrió anoche. Le preocupaba que si era detenido pudiera volver a ocurrir. –El médico apartó la vista para evitar la mirada de Mireille–. Me contó lo que dijo Kroeling y lo que intentó hacer..., y cómo se podría impedir. Por qué al principio él se había mantenido al margen porque pensaba que usted podía ser... mía.

Mireille se mordió el labio.

–No quiero ser su mujer –dijo ella, empleando inconscientemente las mismas palabras con las que Kroeling la había provocado. Se le revolvió el estómago y se le saltaron las lágrimas. Después de todo lo sucedido, no podía más.

Él dio un paso atrás.

–No le he pedido eso... ni se lo estoy pidiendo ahora. No voy a obligarla a... –Se interrumpió. Tragó saliva y luego trató en vano de explicarse mejor–: Como le he dicho antes, estoy aquí para protegerla. ¿Puedo ocupar la habitación que está al fondo del apartamento?

Mireille lo miró fijamente. No era una orden, sino una pregunta. Finalmente pareció asimilar las palabras del médico: quería quedarse para protegerla de Kroeling. Evidentemente, con su padre en la cárcel, podía volver en cualquier momento para intentar acabar lo que había empezado. Las piernas le flaqueaban más que antes. Soltó el aire, repentinamente agradecida. Aquella habitación era la más pequeña y solo disponía de un armario infantil.

–Sí –respondió ella–. Yo... –Se aclaró la garganta–. Gracias. Lamento lo que he dicho.

Él levantó una mano, quintándole importancia a sus palabras, y asintió.

–Entonces, le deseo buenas noches. Por favor, avíseme si me necesita.

Mireille lo miró mientras se alejaba, sin saber qué decirle. Detestaba que estuviera allí, detestaba sentir tanta gratitud por su presencia y, por encima de todo, detestaba que, por culpa de gente como él, ella se encontrara en aquella situación.

Capítulo 16

1962

—¿Dupont fue detenido? –preguntó Valerie en estado de *shock*–. ¿Por defender a su hija?

Madame Joubert asintió, con ojos tristes.

–Había golpeado a un oficial, hiriéndolo gravemente... No se plantearon la otra versión. Lo que había hecho Dupont era suficiente para ejecutarlo; si sobrevivió, fue gracias a que el otro oficial, el médico, había intervenido en nombre de Mireille. Y aun así lo mandaron a prisión durante cuatro meses.

Valerie sacudió la cabeza.

–Aquel era un mundo de locos. Ni siquiera soy capaz de imaginármelo.

Madame Joubert asintió con mirada pensativa mientras observaba a Valerie metiendo de nuevo la fotografía en el cajón del escritorio de Dupont.

–Bueno, al menos me alegro de eso.

Valerie ladeó la cabeza, pero la mujer sacudió la suya.

–Dime, *chérie*, ¿cuándo se lo vas a contar?

Valerie frunció el ceño.

–¿Disculpe?

La mano de Madame Joubert aún estaba posada sobre su hombro, reconfortante a pesar de su considerable tamaño. Sus ojos oscuros sabían la verdad. Cogió un mechón de pelo de Valerie y lo deslizó entre sus dedos.

—¿Cuándo vas a decirle quién eres realmente?

Valerie palideció, con los ojos muy abiertos.

—Tú *eres* la hija de Mireille, ¿no es así?

Valerie notó el fuerte latido de su corazón en los oídos. Se mordió el labio y luego, muy despacio, como si por fin estuviera soltando un pesado lastre, algo que era como una losa sobre su nuca, asintió.

Fue entonces cuando Madame Joubert empezó a jadear y estalló en unos profundos y silenciosos sollozos que sacudieron su cuerpo por dentro. Se agarró al escritorio con una mano mientras sentía cómo se le doblaban las rodillas. Valerie se dio cuenta de que la mujer no lo sabía. No a ciencia cierta. Solo había esperado que así fuera.

Valerie le dejó un mensaje a Dupont diciéndole que regresaría más tarde y que no se preocupara por su cena. Abrió una lata para el gato y llamó a Freddy por teléfono para comunicarle que lo vería la noche siguiente.

Había acompañado a Madame Joubert hasta la puerta de al lado y la había ayudado a entrar. A la mujer aún le temblaban los dedos y las lágrimas rodaban sin cesar por sus mejillas mientras Valerie la conducía escaleras arriba hasta su pequeño apartamento de dos dormitorios, donde sirvió dos vasos de vino, deseando que hubiera algo más fuerte.

—Pe-pero ¿cómo...? —dijo Madame Joubert cuando por fin consiguió recuperar el aliento. Cogió la mano de Valerie como si fuera un globo, como si tuviera miedo de que se alejara flotando.

—¿Cómo... qué? —respondió Valerie con el ceño fruncido mientras se sentaba a su lado en el sofá de color verde oscuro, hundiéndose en los mullidos cojines de terciopelo.

Los ojos de Madame Joubert estaban muy abiertos; el lápiz

oscuro se había disuelto debajo de ellos formando manchas de tinta. Valerie nunca había visto a aquella glamurosa mujer tan vulnerable, tan frágil.

Madame Joubert la miró fijamente, sacudiendo la cabeza.

–¿Cómo has llegado hasta aquí? ¿Cómo nos has encontrado?

–Mi tía..., la prima de Mireille, Amélie, me lo contó. Me habló de mi abuelo cuando cumplí veinte años. Pensó que tenía derecho a saberlo.

Madame Joubert volvió a negar con la cabeza.

–¡Oh, Amélie! –susurró–. ¿Qué has hecho?

Valerie notó que sus mejillas enrojecían de ira.

–Tenía derecho a saberlo, aunque él no quisiera... Aunque no me quisiera en su vida. Tenía derecho a saber que seguía vivo y por qué dejó que me fuera.

Madame Joubert posó sus confusos ojos oscuros en Valerie.

–Que no te quería..., ¿fue eso lo que te dijo Amélie? –Madame Joubert sacudió la cabeza–. O sea, ¿después de haberte contado que estaba vivo no te dijo por qué te mandaron a vivir con ellos?

Ahora quien parecía confundida era Valerie.

–Dijo que mi abuelo me entregó a ella, que no quería formar parte de mi vida, que aseguró que para mí sería mejor creer que él había muerto. La tía Amélie pensó que como yo ya era una adulta, o al menos eso fue lo que dijo, tenía derecho a saber la verdad.

El día que se lo contaron, Valerie encontró a su tía sentada en su cama, contemplando el jardín de su casa en el norte de Londres, mientras el cielo se volvía de color rosado.

Se había llevado los regalos arriba: libros, jerséis y cuadernos de amigos y familiares que la conocían muy bien.

Vio que su tía Amélie estaba allí sentada, sola. La expresión de su rostro era inusualmente sombría y tenía el ceño fruncido.

–¿Estás bien? –le preguntó Valerie, preocupada, mientras dejaba los regalos sobre la silla y se preguntaba por qué su tía estaba allí sentada cuando casi había oscurecido.

Amélie asintió. Respiró profundamente, como si se estuviera armando de valor.

–Ven, siéntate.

Valerie la obedeció.

Su tía sostenía en la mano la pequeña fotografía de su madre que Valerie siempre había tenido enmarcada al lado de su cama. Valerie la miró, pero no dijo nada. No era propio de su tía que hablara de su madre; en general, cuando Valerie intentaba que lo hiciera, ella cambiaba de tema.

–He estado pensando en tu madre, en Mireille. Crecimos lejos la una de la otra: ella en París y yo en la Alta Provenza, en las montañas. Sea como fuere, era mi prima y la quería, a pesar de que nunca llegamos a vernos tanto como nos habría gustado.

Valerie cogió la fotografía. Hacía ya mucho tiempo que se había parado a observar aquella imagen en blanco y negro, en la que no veía a su madre sentada sino a una joven de expresión risueña con un gato.

–Creo que ya es hora de que te cuente la verdad.

A Valerie le dio un vuelco el corazón. Había tensión en el ambiente.

–¿Qué quieres decir?

Amelie lanzó un suspiro y volvió a colocar la fotografía sobre la mesilla de noche.

–Vincent, tu abuelo, aún vive.

–¿Tengo un abuelo?

Valerie estaba conmocionada. Amélie siempre le había dicho que no había quedado nadie de su familia. *Nadie.* Salvo ella, claro.

–Sí, él fue quien te entregó a mí después de la muerte de tu madre. Quería que te alejara de la guerra, de París.

–¿Me entregó a ti? –gritó Valerie, intentando asimilarlo. Pero no lo entendía–. ¿Quería que yo estuviera a salvo?

–Sí... y no. Quería que te criaras lejos de Francia. Lejos de la guerra. Quería que tuvieras un hogar mejor. Pero también pensaba que sería mejor si creías que había muerto, que, de algún modo, te resultaría más fácil.

Valerie parpadeó. Las palabras de su tía eran como el cristal: al final siempre parecían capaz de cortar. Su abuelo era el único familiar directo que tenía, ¿y no la había querido?

–¿Quería que pensara que estaba muerto?

–Sí.

–¿Por qué? ¿Por qué me odiaba?

Amélie cerró los ojos.

–No te odiaba. No pienses eso, por favor. Creo que, a su manera, se preocupaba por ti. Simplemente no pudo retenerte a su lado.

–Entonces, ¿por qué te obligó a mentir si lo hizo por mi bien?

–Quizás pensó que algún día irías a buscarlo.

–¿Por qué no querría que lo hiciera?

Amélie sacudió la cabeza.

–Solo él podría decírtelo.

Madame Joubert tomó un sorbo de vino, negando con la cabeza.

–Pero no te dijo lo que debería haberte dicho. Creo que mataría a Dupont saber que piensas que él no te quería.

—Se le quebró la voz y cerró los ojos—. Fue exactamente al revés.

Valerie parpadeó mientras la esperanza revoloteaba en su pecho. Tragó saliva, pero las lágrimas aún le irritaban los ojos.

—No creo que eso sea cierto. Si me hubiera querido, ¿por qué no mandó buscarme cuando terminó la guerra?

Madame Joubert soltó aire con fuerza, inflando las mejillas, como si estuviera tratando de encontrar el valor para decir lo que debía decir.

—Porque, cariño, la guerra nunca iba a terminar, no para ti. No si te hubieras quedado aquí, en París.

Capítulo 17

1940

Era principios de noviembre y Mireille no podía conciliar el sueño sabiendo que había un nazi durmiendo a menos de cincuenta metros de ella.

Estaba preocupada por su padre y por Clotilde. Llevaba tres días sin ver a su amiga. Cada sonido se ampliaba en la oscuridad. Cada crujido era una bala; cada sombra, un hombre con un cuchillo. Al amanecer tenía unas ojeras que parecían ronchas y los ojos hinchados y rojos por las lágrimas. Cuando entró en la cocina, vestida con la bata y descalza sobre el frío suelo de madera pulida, el corazón le dio un vuelco y se sobresaltó cuando se topó con la corpulenta figura de Mattaus en la penumbra. Él se volvió hacia ella y frunció el ceño al oír el leve jadeo de Mireille.

–Lo siento, la he asustado. Quería preparar el café –dijo el médico, señalando la cafetera y sacando una taza del armario para ella. Era algo sin importancia, un momento doméstico pero que a Mireille le pareció muy personal y, en cierto modo, invasivo. Ni siquiera Kroeling había entrado en su cocina. No había pensado que él pudiera estar allí, en un lugar que, incluso durante los peores instantes de los últimos meses, había sido un refugio sin que ella fuera consciente de ello... Hasta ahora.

Mireille cerró los ojos un momento. Una parte de ella quería gritar y maldecir y decirle al doctor que saliera de su cocina, de su casa, de su vida. Sin embargo, cogió la taza que él le tendía, soltando el aire. Lo cierto es que debería agradecérselo, porque el hecho de que él se encontrase allí implicaba que no estaría Valter Kroeling, y el doctor, a pesar de ser alemán, a pesar de ser un nazi, no se había olvidado de lo que significaba ser un caballero, al menos hasta entonces.

—Gracias —susurró ella.

No se refería al café, y puede que él lo supiera, porque dijo:

—Es lo que me gustaría que alguien hubiera hecho por mi hermana Greta. Tiene tres años menos que yo, es maestra y odia esto.

El médico desvió la mirada. Sus ojos verdes parecían tristes.

—¿Qué es lo que odia?

—La guerra. Ya hemos perdido a un hermano por ella.

Mireille lo miró y se dio cuenta, puede que por primera vez, de que en el otro bando también había mujeres como ella que habían perdido a sus padres y a sus hermanos, y que solo deseaban que terminara la guerra. Tragó saliva.

—Yo también lo odio —dijo ella.

Notó los ojos vidriosos, como si hubiera envejecido cien años en una sola noche. Desvió los ojos de la mirada compasiva del doctor.

—Parece exhausta.

Ella suspiró.

—No he podido dormir.

—Su padre estará bien. No le harán daño... Me he ocupado de ello.

Mireille respiró entrecortadamente y le dedicó una tímida sonrisa.

–Gracias, Monsieur Fredericks. Esta familia le está muy agradecida.

–Preferiría que no tuviera que estarlo.

Un amago de risa afloró a los labios de Mireille.

–Sí, no puedo negarlo.

La ligera laxitud de los rasgos de Mireille, que mostraban a la joven que se ocultaba bajo el dolor y el sufrimiento, emocionaron a Mattaus. El médico dejó la taza encima de la mesa de la cocina.

–Me voy... Tengo que ir al hospital. Volveré alrededor de las seis.

–No tiene por qué explicarme sus planes –dijo Mireille, frunciendo el ceño.

Él irguió los hombros. Su mirada de ojos verdes era cálida.

–Solo se lo he dicho para evitar que luego vuelva a sobre-saltarse.

Ella cerró los ojos. Sí, eso tenía sentido. Quería ser amable. Era extraño pensar que alguien como él pudiera serlo con ella. Mireille se preguntó si también sería peligroso.

El médico depositó un mazo de llaves sobre la mesa.

–Estas son las nuevas llaves de la tienda y del apartamen-to... Cambié las cerraduras ayer. Mi padre era cerrajero en Lorena –explicó.

Eso explicaba el ruido que Mireille había oído en plena noche, como si alguien intentara irrumpir en la tienda... El doctor había tomado precauciones para que eso no ocurriera.

–Cierre con llave. Kroeling, a pesar de mis esfuerzos para que lo juzguen, sigue siendo un hombre libre, aunque ya no es el responsable de la imprenta. Creen que no cumplía con sus obligaciones.

Mireille se quedó sorprendida.

—Entonces, ¿ya no volverá?

—No de forma oficial, de eso estoy seguro. Sin embargo, sé que un hombre como él no se contentará con lo ocurrido y me temo que querrá vengarse. Pero no conmigo, sino con usted. —El médico contrajo la mandíbula—. De modo que cierre con llave, por favor. Sobre todo por la noche.

La prisión estaba desbordada. Despedía un hedor a cuerpos sucios, enfermedad y desesperación. El racionamiento estaba empezando a mostrar sus efectos y, en la cárcel, muchos de los pobres desgraciados de la ciudad que se habían visto obligados a aceptar lo inaceptable vivían al día, luchando contra un ejército de fusiles y tanques con cuchillos y armas caseras. Eran ellos quienes pagaban el precio más alto.

A pesar de sus súplicas y de la influencia de Mattaus, no dejaron que Mireille visitara a su padre.

Un oficial de expresión adusta estaba ocupado con una montaña de documentos —la proverbial eficacia alemana—, añadiendo más nombres a una interminable lista de traidores, ciudadanos de París que nunca recuperarían la libertad. Parecía aburrido y bien alimentado, y apenas la miró.

—Nada de visitas.

—Se lo ruego.

El oficial siguió completando su lista con el rostro impasible.

—Por favor, Monsieur, mi padre me necesita. Estoy preocupada por él. ¿Puedo verlo, aunque solo sea un momento?

—No —dijo el guardia, impertérrito—. Ha cometido un delito.

Mireille sintió que el corazón se hundía en su pecho.

—¿Podría darle un mensaje, por favor?

—Nada de mensajes.

Mireille cerró los ojos. El oficial ni siquiera se había molestado en mirarla. Apretó los puños cuando un grupo de oficiales nazis desfilaron ante ella, observándola con admiración. Se tragó su frustración y salió de la cárcel con la espalda encorvada.

Cuando volvió a su casa, vio a un hombre delgado de pelo oscuro esperando frente a la puerta de la tienda. Parecía estar mirando a través del escaparate, pegado al cristal. A juzgar por cómo vestía y por su comportamiento, era un francés caído en desgracia.

–¿Puedo ayudarlo? –le preguntó Mireille.

Él la miró, se irguió y su rostro se endureció ligeramente. Parecía desaliñado, como si no se hubiera bañado o afeitado en muchos días.

–¿Eres la mocosa de la librería?

Mireille frunció el ceño ante su tono grosero.

–¿Disculpe?

Él sonrió mientras continuaba más cortésmente, aunque en tono sarcástico, como si ella fuera tonta:

–¿Tu padre es el dueño de esta tienda?

–Sí.

El hombre resopló y se rascó la cabeza, examinando el establecimiento.

–Debe de estar bien –dijo. Sus ojos oscuros brillaban, resentidos. Luego escupió a los pies de Mireille–. Tener a un nazi que cuide de ti. Veo que le estás sacando provecho a este lindo cuerpecito. Qué suerte la tuya.

Mireille puso unos ojos como platos y soltó un grito ahogado.

–¿Cómo?

El hombre hizo rechinar los dientes mientras le dedicaba una mirada de puro odio.

—Nada.

Miró hacia la calle y luego volvió a mirar a Mireille, atreviéndose a preguntarle:

—¿Te sobra algo de comida?

—No.

El hombre soltó una maldición y la llamó «puta nazi» antes de cruzar la calle, donde permaneció un momento sin dejar de mirarla.

Mireille se quedó de pie un instante, clavada en el suelo como si la hubieran abofeteado. Luego, buscando a tientas las llaves nuevas, intentó abrir la puerta de la librería, pero el mazo se le cayó al suelo. Tenía un nudo en la garganta. Cuando finalmente cerró con llave detrás de ella y apoyó la cabeza en la puerta, dejó al fin de temblar.

Varias horas más tarde, aquel hombre aún seguía allí, al otro lado de la calle. Mireille deseaba que se marchara. Observaba todos y cada uno de sus movimientos con sus ojos oscuros, con una mezcla de aversión y codicia. Parecía decidido a permanecer allí. Pero ¿por qué razón, más allá de hacerla sentir como una traidora? Mireille no lo sabía.

El resultado de aquella situación fue que aquel día ni siquiera abrió la librería. Primero, Valter Kroeling; luego, su padre, que había sido enviado a prisión; y ahora, ese francés furioso y sin techo al otro lado de la calle. Parecía una conjura para que se sintiera como un animal atrapado en su propia casa.

Capítulo 18

Las palabras de Madame Joubert resonaban en la cabeza de Valerie como el ruido de un disparo.

–La guerra nunca habría terminado. Para ti no, si te hubieras quedado aquí.

–¿Qué quiere decir?

La mujer sacudió la cabeza y contestó:

–Solo quiero decir que tu abuelo tenía sus razones. Sobre todo, quería protegerte.

–¿Protegerme de qué? ¿De la verdad sobre quién soy? ¿Del lugar del que vengo?

Madame Joubert lanzó un suspiro y dejó la copa de vino encima de la mesa.

–Sí, pero fue más que eso. Tú no lo sabes... No has visto cómo trataban aquí a los niños como tú. Fue lo mejor, créeme.

Valerie se dejó caer en el sofá. ¿Niños como ella? ¿Qué quería decir con eso? Y entonces, de repente, la verdad la aplastó como un peso: lo que se le había ocultado y por qué la habían sacado de allí. Se inclinó hacia delante, incapaz de respirar.

Vio las estrellas y, por un momento, pensó que tal vez estaba enferma.

Con la cabeza sobre las rodillas y los ojos vidriosos, se volvió hacia Madame Joubert, que estaba llorando de nuevo, y lo dijo, arrastrando las palabras con el oscuro secreto que habían tratado de ocultarle bajo la fría luz del apartamento, por donde reptaba como una criatura con un aguijón venenoso.

—Mi padre era un nazi.

Lo único que pudo hacer Madame Joubert fue asentir con la cabeza. A continuación, se sumó a los sollozos de Valerie.

Después de eso, Valerie salió a toda prisa del apartamento. Apenas era capaz de ver hacia dónde se dirigía a través de la cortina de lágrimas que inundaba sus ojos. No podía evitar que le temblaran las manos mientras los cimientos de su identidad se hundían bajo sus pies.

—No le cuente a Monsieur Dupont quién soy —le dijo a Madame Joubert antes de irse—. Todavía no. Quiero saber el resto de la historia, qué le ocurrió a mi madre... Y quién era mi padre. —Tragó saliva—. Usted era su amiga..., su mejor amiga. Por favor, le debe al menos eso a su hija. Luego se lo contaré él.

Madame Joubert cerró los ojos y asintió en la penumbra, derrotada.

—De acuerdo —dijo.

Valerie cogió aire y se apoyó en el pasamanos de la escalera.

—Gracias. Volveré..., no sé cuándo..., para conocer el resto de la historia. Pero esta noche no puedo escuchar nada más. No lo soportaría.

Madame Joubert ya se había secado los ojos; ella también parecía agotada.

—Lo comprendo —dijo.

Valerie se pasó el resto de la noche deambulando por las calles de París. Se sentía como si alguien hubiera lanzado una granada en su camino y tratara de salir de algún modo de entre los escombros. Apenas miraba; no disfrutaba de las vistas de París de noche, de los enamorados paseando por el Pont Neuf ni de la Torre Eiffel iluminada. No oía la música de los clubes de *jazz* ni el sonido de las risas que la fresca brisa nocturna transportaba a lo largo del Sena.

De alguna manera, aunque no habría sabido explicar cómo ni qué calles había tomado ni durante cuánto tiempo había estado caminando, se encontró en el apartamento de Freddy. Se le había corrido el rímel, que se deslizaba en dos hilillos por su rostro. Cuando le abrió la puerta, él parecía conmocionado. Aún llevaba el traje, con el cuello de la camisa blanca desabrochado. Tenía el pelo revuelto.

–Val, cariño –dijo al ver la expresión de su cara–, ¿qué ha ocurrido?

Ella sacudió la cabeza y contrajo el rostro.

–He des-descubierto por qué me man-mandaron al extranjero.

Freddy la hizo pasar al apartamento, la abrazó con fuerza y le susurró al oído:

–Entonces, ¿te han hablado de tu padre? ¿Te lo han contado?

Valerie levantó los ojos y lo miró con el ceño fruncido.

–¿Qué? –dijo ella.

–Que era un oficial nazi –dijo Freddy.

La palabra «nazi» quedó suspendida en el aire.

El aire pareció salir de los pulmones de Valerie a toda velocidad.

–¿Tú lo sabías?

Él asintió.

–Me lo imaginaba –dijo, impidiendo que ella se soltara de su abrazo, incluso cuando intentaba zafarse de él. A pesar de su delgadez, era fuerte–. Pero luego investigué un poco. Soy periodista –añadió, defendiéndose.

Valerie se dejó caer en el diminuto sofá –estaba hundido en el centro, dejando ver el relleno como si fuera un vientre abultado– y se bebió el vaso de vodka que Freddy le había servido en el tazón del dentífrico. El resto de los platos se amontonaban en el mohoso fregadero que había en un rincón. El vodka sabía ligeramente a menta.

–Te lo imaginaste.

Valerie repitió las palabras de Freddy con incredulidad. Ella nunca se había imaginado algo así. Nunca. Sin embargo, ahora, sentada allí mientras miraba el papel pintado verde despegado de la pared, el colchón lleno de manchas y la diminuta ventana que daba a un bistró donde la música se escuchaba incluso a las tres de la madrugada, se dio cuenta de que aquella suposición tenía sentido. En perspectiva.

Él se sentó a su lado, pero no dijo nada. Sus enormes ojos castaños tenían una expresión preocupada.

Freddy no le había mentido: no se podía negar que el apartamento era una buhardilla. Y, en general, inhóspita.

La vivienda era tan horrible que, a pesar de sus recientes problemas, Valerie no podía evitar darse cuenta de lo increíblemente espantosa que era.

–No puedo creer que vivas aquí.

Él se encogió de hombros.

–Es por eso que paso la mayor parte del tiempo en el Café de Flore.

Valerie tomó otro sorbo de vodka con sabor a menta y luego asintió.

–¿Hemingway?

–Hemingway –confirmó Freddy.

El vodka empezó a surtir un ligero efecto adormecedor. Valerie no sonrió; solo ladeó la cabeza y repitió:

–Lo sabías. Todo este tiempo.

–No todo este tiempo... Desde hace poco.

Ella cerró los ojos: no sabía cómo la hacía sentirse eso. ¿Traicionada?

–¿Por qué no me lo dijiste?

–Yo... –Freddy vaciló. Luego se acercó más a ella y posó una mano sobre su rodilla–. Sabía que te lo tomarías así... como si eso implicara algo con respecto a ti.

Valerie abrió los ojos y frunció el ceño.

–¿Y no es así? Mi padre era un maldito nazi. ¿En qué me convierte eso?

Él sacudió la cabeza, le cogió la mano y se la apretó.

–Te convierte en ti. Solo en ti. Aún sigues siendo la misma persona. Sé que eran los secuaces del hombre más retorcido y malvado del mundo, pero...

–No sigas, Freddy... No lo hagas... No intentes justificar lo que hicieron solo porque yo me sienta en el mismísimo infierno...

Freddy se pasó una mano por el pelo, despeinándoselo más aún.

–No lo haré, pero no debes pensar que las decisiones de tu padre son las tuyas. Y, aun así, no puedes saber qué ocultaba su espíritu... Aunque fuera la peor persona del mundo, no eres tú, Val. No sé si puede ayudarte, pero debes pensar en ellos como si fueran una secta: les lavaron el cerebro... Y no todos los nuestros eran santos: también violaron y robaron... He descubierto cosas, ¿sabes? No es una excusa, te lo juro. Solo estoy diciendo que no todo es blanco o negro, como nos gusta que sean las cosas, y no deberías permitir que esto cambiara la idea que tienes de ti misma.

–Ya –respondió Valerie–. Pero aun así es inevitable, ¿no?

No sabía cómo impedir que aquella información cambiara la opinión que tenía de sí misma. Finalmente comprendió a qué se refería la tía Amelie. Ahora no podía cerrar aquella caja de Pandora, no después de haberla abierto. Ahora entendía por qué su tía no había querido decirle nada, por qué había dicho aquellas palabras: «Solo él puede contártelo». Solo Dupont. Amélie no quería ser la responsable de hacer volar por los aires lo que Valerie sabía sobre sí misma. Hacerla sentirse avergonzada algún modo. En aquel momento comprendió hasta qué punto aquella revelación, a partir de entonces, lo tenía todo de otro color.

Valerie cerró los ojos mientras lo asimilaba.

–¿Quién podría amarme sabiendo esto sobre mí?

Freddy le acarició el rostro.

–Yo.

Las lágrimas humedecían su nariz. Valerie abrió los ojos para mirarlo, sacudiendo la cabeza.

–Me refiero a amarme de verdad.

Él sonrió. Tenía una expresión dulce en los labios.

–Sí.

Ella cogió aire.

–No me tomes el pelo, Freddy.

Los ojos de Valerie estaban llenos de lágrimas.

–No te estoy tomando el pelo.

–Basta ya –dijo ella, secándose los ojos con los dedos. Ahora estaba enfadada. Para él siempre era un juego, y ya estaba harta de ello–. Sabes lo que siento por ti. Creo que siempre lo has sabido.

Estaban aflorando todos sus secretos y, como un tren que está descarrilando, no podía detenerlos por mucho que lo intentara. Había adoptado una actitud autodestructiva.

–Siempre he esperado que algún día tú sintieras lo mismo, pero ahora... ¿Cómo podrías? Sigues tomándotelo como un pasatiempo...

Valerie resopló.

Freddy la miró con sus ojos oscuros llenos de incredulidad.

–¿Es posible que estés tan ciega... con respecto a todo?

Ella lo miró fijamente, confundida.

Él soltó una leve carcajada.

–¿De verdad piensas que decidiría vivir aquí si no estuviera locamente enamorado de ti?

Valerie lo miró con lágrimas en los ojos.

–Estabas preocupado por mí. Eso fue lo que dijiste.

Él se volvió a reír.

–En efecto. Estaba preocupado. Eres mi mejor amiga.

Ella cerró los ojos por el dolor. Aquella noche no parecía reservarle nada más.

–Ya.

–Es absurdo... Todo el mundo lo ve menos tú.

Entonces, Freddy la besó.

Ella abrió los ojos conmocionada, y él le apartó la cortina de pelo. Luego se rio de ella de un modo delicadamente burlón.

–A veces eres una perfecta idiota, ¿lo sabías? Nunca ha habido otra, tonta. Si no estuviera enamorado de ti desde que tenía nueve años, ¿crees que te habría seguido hasta aquí? Y me da igual lo que digas: aún sigues siendo la misma, con o sin un padre nazi. Eso nunca cambiará lo que siento por ti.

Valerie pensó en todas las otras chicas de Freddy. Siempre parecía haber una mujer en su vida.

–Pero Freddy, siempre había otra. Alguna chica guapa... ¿Cómo es posible que siempre me hayas querido?

Él se rio de nuevo. Se llevó la mano al pelo, como si se sintiera un poco avergonzado.

–Llámame antiguo, pero eras demasiado joven. Estoy seguro de que Amélie me habría cerrado la puerta de haber sabido lo que sentía por ti... Así pues, tenía que mirar hacia otro lado hasta que fueras lo suficientemente mayor. –Freddy se aclaró la garganta–. Soy un hombre, ¿qué quieres que te diga?

Ella sonrió. No debería resultar divertido ni extrañamente dulce, pero, en cierto modo, así era, y muy pronto sus risas se convirtieron en algo más cuando empezaron a besarse. El deseo estalló en el pecho de Valerie, crudo y absorbente, mientras se sumergía en él, con las manos en el pelo de Freddy, que tiró de ella para que se sentara en su regazo. Él nunca había sido un príncipe azul ni pretendía serlo: solo era real y bueno. Y, finalmente, suyo.

Capítulo 19

El gato de la librería se había instalado en la cama de Valerie. La seguía todas las mañanas hasta la tienda, donde ella le ponía leche y comida. En su opinión, Dupont disimulaba sus celos, aunque el gato era fiel al anciano durante el día y solo dormía en su viejo y mullido sofá, a pesar del humo y el desorden.

Desde que descubrió que su padre era un nazi, Valerie se había vuelto taciturna, menos propensa a discutir y, a decir verdad, menos propensa a cualquier cosa. Su único motivo de alegría y consuelo era Freddy, aunque en aquel momento tampoco podía disfrutar de él, al menos temporalmente, porque le habían mandado a cubrir la ampliación del Muro de Berlín. Desde que se construyó el muro que separaba el Este del Oeste, levantado de un día para otro en agosto del año anterior para evitar que los ciudadanos se fugaran, aquella noticia había llenado los titulares de los periódicos: hombres, mujeres y niños eran tiroteados por intentar abandonar su propio país. A principios de junio se había construido una segunda valla en el territorio de Alemania Oriental, haciendo aún más difícil que sus ciudadanos huyeran. Ya la habían bautizado como la Franja de la Muerte.

Valerie siempre había sabido que estar enamorada de un periodista especializado en política no iba a ser fácil, pero aquella era la primera vez que se preocupaba realmente por su seguridad. Recordarse a sí misma que solo estaría fuera unas pocas semanas no le servía de nada. No era posible discutir una vez se había cruzado al lado oscuro, como le gustaba decir a Freddy.

–La buena noticia –le había dicho él mientras estaban tumbados en su pequeña cama hundida, compartiendo un cigarrillo, una costumbre que según él era muy francesa– es que después de algunos encargos como este es probable que pueda conseguir un apartamento mejor. Un sueldo más alto.

–Dinero peligroso –había dicho ella, acurrucándose en sus brazos y mirándolo preocupada con sus ojos verdes.

Freddy se encogió de hombros y estuvo de acuerdo con ella.

–Dinero peligroso –dijo, y después la besó en la nuca.

Nadie se acercaba demasiado a ese muro si podía evitarlo.

Desde que se habían dicho lo que sentían el uno por el otro, habían pasado mucho tiempo juntos en la cama de Freddy, haciendo el amor y escondiéndose, creando una fortaleza al margen del mundo.

Poco después de haber empezado a salir oficialmente, Freddy se pasó por la tienda para conocer a Dupont. Ambos parecían disfrutar irritándose mutuamente: Freddy no paraba de decirle lo mucho que le gustaba James Bond, lo que hacía que el anciano enrojeciera y lo amenazara con echarlo de la tienda, sobre todo cuando insistió en que fueran todos a ver la última película del agente 007. Sin embargo, de algún modo, acabaron tomándose una cerveza juntos y Freddy se quedó a cenar. Cuando se fue y Valerie le preguntó a Dupont qué pensaba de él, este le dijo:

–Necesita un corte de pelo, pero podría ser peor.

Aquello era lo más parecido a un gesto de aprobación que Valerie podría haber esperado.

Sin embargo, ahora Freddy no estaba, y lo único que ella

tenía eran sus preocupaciones y el gato. Decidió que era mejor eso que nada, aunque el gato apestara a sardinas.

Madame Joubert apareció al día siguiente para ver cómo estaba y hablaron un poco, aunque con un poco más de tirantez que antes. Por ahora habían quedado atrás las charlas distendidas, las risas y la mutua solidaridad por tener que tratar con el cascarrabias de Dupont.

No tenía mucho sentido que Valerie estuviera enfadada con Madame Joubert; mantener aquel secreto no había sido idea suya, ni tampoco se lo había revelado. Sin embargo, una parte de ella estaba furiosa con la mujer. Había sido la mejor amiga de su madre... Seguramente podría haber hecho algo para impedir que Dupont la mandara al extranjero, por mucho que el anciano lo hiciera para evitar que sufriera.

–Ven a verme esta noche, *chérie* –dijo Madame Joubert–. Hablaremos, ¿de acuerdo?

Valerie asintió.

–¿Te encuentras mal? –le preguntó Dupont a última hora de la tarde.

Valerie negó con la cabeza.

–No, estoy bien –respondió.

El arrojó un ejemplar de *Gigi* sobre su desordenado escritorio, murmurando:

–Basura sentimentaloide.

Valerie no dijo nada. Solo suspiró, mirando por la ventana la gente que pasaba y soltaba el aliento en medio de la niebla, envuelta en gruesas bufandas y abrigos de lana. Solo podía pensar en que Freddy estaba en Berlín. Y en su padre, un nazi.

–¿No has oído lo que he dicho?

Valerie lanzó otro suspiro.

–Sí –dijo ella.

El gato, que captó su desesperación, se acercó a ella, frotándose contra su silla de bistró; luego saltó sobre su regazo, arañando la falda de pana de color mostaza de Valerie con sus zarpas.

—Ha dicho que es una tontería sentimentaloide.

El anciano parpadeó.

—La semana pasada me dijiste que si no me gustaba Colette debía hacer que me examinaran la cabeza y poner en entredicho mi sangre francesa. Y me obligaste a leer esto —dijo él, mirando el libro con expresión desesperada. Como si nunca pudiera recuperar las horas de su vida que había dedicado a esa lectura.

Valerie volvió a suspirar.

—Eso es.

Él frunció el ceño.

—¿El horario es demasiado largo?

Ella levantó la vista.

—No. ¿Por qué?

—Solo quería saberlo. Es que últimamente no eres la misma.

Valerie lo miró fijamente. Dupont se había dado cuenta de que estaba decaída. Dupont. Le importaba de verdad.

Él se levantó. Ella lo oyó trasteando arriba, en la diminuta cocina, donde guardaban las tazas y la tetera.

Al cabo de un rato, el anciano bajó con dos tazas y un plato con galletas de aspecto poco apetitoso; no eran esas grandes con trocitos de chocolate. Dejó las tazas sobre la mesa de bistró y se aclaró la garganta.

—¿Qué es esto? —preguntó ella, examinando el líquido marrón de aspecto lechoso.

—Es esa bazofia... Ya sabes, esa porquería que te gusta.

Valerie frunció el ceño, perpleja. Cuando cogió la taza y la olió, se dio cuenta de lo que era.

–¡Monsieur Dupont! –exclamó–. ¿Es té?

Él se encogió de hombros.

–*Oui*. No armes un escándalo.

Ella se quedó observando el té y luego lo miró a él, totalmente confundida.

Dupont tenía sus teorías sobre el té. Sobre todo, que era horrible y apestaba, y no quería tenerlo la casa. El único lugar seguro donde ella podía tomarse una taza de té era su dormitorio.

Valerie miró las galletas y luego sacudió la cabeza, asombrada.

Eran galletas Rich Tea, casi tan inglesas como los paraguas y la Marmite. Ciertamente, no eran la clase de galletas que él compraría normalmente. Debía de haber ido a una tienda especializada para comprarlas para ella, aunque no era capaz de imaginarse dónde podían venderlas. Lo había hecho por ella, porque se había dado cuenta de que parecía triste y desamparada.

Dupont.

Se le saltaron las lágrimas. Estaba muy emocionada, pero como sabía que a él no le gustaría que montara una escena, le dijo:

–Muchas gracias. –Dio un mordisco a una galleta y recuperó la compostura–. Monsieur –continuó, mientras él se volvía para volver a su escritorio arrastrando los pies–, ¿ha visto que hasta el gato le ha dado la espalda por culpa de sus horribles gustos en literatura? La verdad, decir que Colette escribe basura... Después de todo, es un gato francés.

Dupont soltó un gruñido de satisfacción antes de empezar a refunfuñar para decir que la gente e incluso los gatos sarnosos sin cola empezaban a desvariar a medida que se acercaba la Navidad.

–Acudió a Madame Harvey a comprar el té... Ya sabes, esa mujer inglesa que tiene esa tiendecita de té en la Rue des Arbres –le explicó al poco tiempo un niño bajito con cara de elfo, pelo rubio y sucio y unas pestañas muy gruesas–. Lo seguí.

Era Henri, un chiquillo de unos once o doce años al que de vez en cuando Dupont le pagaba unos francos para realizar algunas tareas en la librería. Sus padres estaban atravesando un mal momento, y Madame Joubert y Dupont le buscaban algún trabajo, sobre todo para asegurarse de que comía algo. Era un buen chaval, siempre dispuesto a echar una mano. Valerie se había dado cuenta de que le gustaba leer; por eso, todas las semanas apartaba algunos libros para él, sobre todo historias de aventuras que sabía que podían gustarle.

–¿En serio?

–*Oui* –contestó Henri, ensanchando su rostro en una sonrisa de contento y abriendo unos ojos como platos–. También consiguió las galletas en esa tienda... Creo que la dueña se las dio de su propia despensa.

Valerie se sintió conmovida. Mientras observaba a Henri, que estaba limpiando los cristales de la puerta principal, estrujando con las manos un trapo con agua y jabón, cogió la taza de té que le había preparado su abuelo, y aunque su sabor era realmente horrible –flojo y sin azúcar–, lo disfrutó hasta el último sorbo.

A medida que avanzaba la tarde, Valerie se dio cuenta de que aún no estaba preparada para saber cómo había sido concebida ni quién era su padre. Sabía que debía afrontar el asunto de una vez, hablar con Madame Joubert y solucionar las cosas con ella, pero simplemente no podía hacerlo. Mandó a Henri con una nota para decirle a su vecina que tendrían que verse en otro momento.

Valerie se sobresaltó cuando sonó el teléfono. Era Freddy. El sonido era malo, metálico.

–No tengo mucho tiempo, mi amor. Solo quería oír tu voz.

Ella sonrió.

–Gracias. ¿Qué tal por allí?

–¿Sinceramente?

–Sí.

–Esto es de una tristeza infinita. No puedo hablar demasiado; las paredes oyen…, pero todo es desolador. He hablado con algunas personas que han conseguido pasar al otro lado del muro… Sus vidas… –Freddy se interrumpió y ella se lo imaginó dando una calada a un cigarrillo y frotándose los ojos. Siempre hacía eso cuando estaba en medio de una historia: lo absorbía–. A veces es como si el mundo se hubiera vuelto loco.

Freddy estaba en lo cierto. Las últimas noticias sobre la crisis de los misiles de Cuba eran bastante impactantes. La gente entraba en la tienda con toda clase de temores; había quien se preparaba para el fin del mundo y quería un manual para «vivir como un fugitivo» y «sobrevivir al apocalipsis».

Incluso tenían una sección para gente que estaba construyendo un refugio antiatómico en su casa.

Aunque algunos días resultaba divertido, en realidad no lo era, se decía Valerie; no cuando se paraba a pensar en ello. ¿Y si finalmente estallaba una guerra nuclear?

–Ten cuidado, Freddy.

–Siempre –respondió él, dando otra calada al cigarrillo–. Hablamos más tarde, mi amor. Ha llegado una de esas personas para una entrevista… Tengo que dejarte.

Y cortó.

Valerie lanzó un suspiro, colgó el teléfono y cogió al gato para abrazarlo.

–¿Tu chico está bien? –preguntó Dupont.

Entró en la tienda con un filete de pescado. Era viernes, y con o sin la crisis de los misiles de Cuba, él cocinaría su pescado.

Ella asintió mientras la expresión de su rostro volvía a ensombrecerse.

Él la miró fijamente durante un rato mientras parecía estar pensando. Al final dijo:

–¿Te gustaría ir al cine?

Valerie levantó la vista.

–¿Al cine?

–En la esquina hay un viejo cine. Están proyectando de nuevo *Lo que el viento se llevó*. Pensé que si te apetecía... Podríamos ir a verla.

¿Quería ver una película con ella?

Valerie sonrió.

–Me parece estupendo.

Él asintió.

–*Bon* –contestó, dedicándole una inesperada sonrisa.

Un poco después, aquella misma tarde, se habían acomodado en las viejas butacas de terciopelo del cine. Comían palomitas y bebían vino de un vasito mientras veían cómo Scarlett se enamoraba de Rhett. Valerie disfrutó más con las risotadas de Dupont que con el argumento de la película. Por primera vez en mucho tiempo tuvo la sensación de que quizás todo podía salir bien.

Después de prepararse para irse a dormir y de escuchar los ruidos nocturnos de Dupont –el chasquido de su tobillo mientras subía las escaleras, cuando sacaba al gato–, Valerie se deslizó bajo las sábanas y apoyó la cabeza en el papel despegado de la pared. Tenía que contarle a su abuelo quién era en realidad. Lo sabía. Sin embargo, entonces volvió a pensar en aquel día, un día que había empezado mal: la inquietud con respecto a Freddy, la amenaza de una guerra, el pasado y cómo acababa sumergiéndose en esos sombríos estados de ánimo. Dupont la había animado. Empezaron a caérsele las lágrimas mientras se daba cuenta de lo mucho que había llegado a quererlo y lo difícil que sería para ella si la rechazaba.

–¡Oh, Amélie! –susurró–. Puede que tuvieras razón... Puede que viniendo aquí solo me haya metido en un lío.

A la mañana siguiente, Madame Joubert se pasó por la librería. Traía cruasanes recién hechos de la panadería y un ramo de lirios muy perfumados.

Mientras Dupont preparaba el café, Madame Joubert se volvió hacia Valerie, que miró al suelo.

–Ya sé lo que me va a decir.

–No, no lo sabes. Sabes lo que crees que voy a decir... Es diferente. Ven esta noche. Podríamos salir a cenar.

Valerie le dijo que sí. Sabía que esta vez no tenía escapatoria.

Se encontró con Madame Joubert en Les Deux Magots, el renombrado café que en otros tiempos había sido el local favorito de Hemingway, Fitzgerald y de un montón de otros escritores y artistas famosos. Valerie podía imaginárselos sentados allí, charlando y riéndose bajo la rosada luz del sol, escribiendo sus obras maestras mientras se enamoraban de la ciudad.

Pero entonces, con la misma facilidad, al ver a Madame Joubert –con su rostro sincero pero triste y sus rizos extraña-mente lisos, sorbiendo una copa de oporto al fondo del local mientras esperaba que llegara–, Valerie pudo ver también el mismo café veinte años atrás, bajo el velo de la ocupación. Los franceses se habían convertido en espectadores en sus propias ciudades mientras los alemanes disfrutaban de su vino, su comida y su estilo de vida.

Se sentó al lado de Madame Joubert, que le sonrió.

—Me alegro de que hayas venido, *chérie*. Me ha parecido que este era un bonito sitio para cenar. Es turístico, de acuerdo, pero no debemos olvidar lo que hace que París sea París, *non*? Al fin y al cabo, es por esto por lo que hemos luchado.

Valerie asintió. Cuando vino el camarero, un joven con una delicada sonrisa, el pelo peinado hacia atrás y los ojos oscuros, pidió un *whisky*. Decidió que necesitaba algo fuerte para asimilar lo que Madame Joubert estaba a punto de contarle.

Empezaron hablando de la librería y de Freddy. Madame Joubert se alegraba de que por fin estuvieran juntos, aunque se puso triste al saber que estaba en Berlín Occidental.

—Parece peligroso —dijo.

Valerie asintió. Sin embargo, no más peligroso que lo que Madame Joubert y Monsieur Dupont habían tenido que soportar para sobrevivir. Al menos, ya no estaban en guerra.

Valerie tomó un sorbo de su *whisky*. Se habían quedado sin temas de conversación con los que llenar el silencio, a fin de demorar lo que Valerie había venido a descubrir. Respiró profundamente, su pecho se hinchó y se deshinchó, y luego espetó:

—Fue violada, ¿verdad? Mi madre.

Madame Joubert se atragantó con su oporto y empezó a toser. Levantó una servilleta a cuadros azules y blancos para secarse el vino que se deslizaba por su barbilla. Le lloraban los ojos.

Valerie la miró fijamente un buen rato antes de recordar sus modales.

–¿Le-le pido un poco de agua?

Madame Joubert negó con la cabeza.

–Me he atragantado. –Tenía la voz ronca. Cogió aire y se quedó mirando a Valerie un buen rato hasta que finalmente dijo–: A tu madre no la violaron.

–¿No?

Madame Joubert negó con la cabeza.

Valerie respiró aliviada; aquel había sido uno de sus miedos. No se había dado cuenta de hasta qué punto la había consumido por dentro. Sin embargo, mientras seguía sentada en aquel café lleno de gente comprendió lo que significaba la alternativa: que su madre había decidido acostarse con un nazi. No sabía si, al final, de algún modo, eso era incluso peor.

Capítulo 20

Fredericks encontró la casa a oscuras. A pesar de que ya era tarde, en el apartamento no había ni una pizca de luz.

–Mademoiselle –la llamó.

Durante un buen rato no se oyó nada, ningún ruido que perturbara aquella oscura noche de invierno; solo el viento, que azotaba las ventanas y se colaba a través de los huecos de las puertas. Mattaus sintió una momentánea punzada de inquietud. ¿Habría venido Kroeling para terminar lo que había empezado? Se imaginó lo peor y se vio descubriendo el cuerpo de Mireille, violado y ultrajado. Pero entonces se oyó el leve sonido de sus pasos y ella apareció en la puerta de la cocina, como un ratón.

El médico lanzó un suspiro de alivio.

–¿Se encuentra bien? Está todo a oscuras.

Mireille asintió.

–Estoy... bien, gracias. Le he dejado algo de cena.

Según él, no estaba bien en absoluto. Parecía aterrorizada. Mattaus notó que el músculo de su mandíbula se tensaba. ¿Cómo era posible? Lo único que había deseado siempre era ayudar a la gente, ser médico, y no ser la clase de hombre al que las mujeres temían. No podía culparla por ello después de todo lo que había soportado en las últimas cuarenta y ocho horas. Podía ver los moretones de color púrpura que

Valter Kroeling le había dejado en el cuello y en la parte superior de los brazos. Sin duda debían dolerle.

Él desvió la mirada.

—No espero que compartas tu comida conmigo.

Mireille asintió.

—No pasa nada. Estoy acostumbrada a cocinar para dos. No es gran cosa, solo una patata al horno y alubias. Está encima de la mesa.

Cuando ella se dio la vuelta para irse, él la detuvo y le tocó ligeramente el hombro. Ella jadeó, asustada. Sus ojos azules eran como los de un conejo aterrorizado.

Él levantó las manos con mirada cautelosa.

—Disculpe. Solo quería saber por qué estaba todo a oscuras. Me han dicho que hoy no ha abierto la tienda. ¿Y eso?

Ella vaciló, decidiendo si debía hablarle o no del francés que la había acechado todo el día en la calle, el que tenía los ojos llenos de veneno cada vez que la miraba y que escupió a sus pies.

—¿Cómo se ha enterado de que no he abierto la tienda?

Él se succionó el labio inferior un momento y luego miró hacia otro lado.

—Mandé a alguien para que controlara..., que vigilara por si Kroeling volvía. De ser así, ese hombre se aseguraría de que yo llegara a tiempo.

—Gracias.

Era la segunda vez en poco tiempo que su amabilidad la sorprendía.

Cuando él encendió la luz de la cocina y le preguntó si cenarían juntos, ella pensó que al menos le debía eso.

Mireille tomó asiento frente a él. Mattaus sirvió un vaso de vino para cada uno y luego la miró fijamente durante más tiempo del que ella habría deseado.

–Tengo un ungüento que se puede poner ahí –dijo él, señalando la pequeña herida que tenía sobre uno de sus ojos, donde Kroeling la había golpeado.

Ella asintió y lo observó mientras comía. Al cabo de un rato, el ritmo de su corazón se hizo más lento. Por primera vez desde la agresión de Kroeling experimentó una sensación parecida a la tranquilidad.

Había algo en el ruido cotidiano de los cubiertos contra un plato que hacía que, por un instante, la vida pareciera normal.

Mireille sorbió un poco de vino y se preguntó cómo había llegado a aquel punto.

Resultó que el hombre que Mattaus Fredericks había contratado para velar por ella en caso de que Kroeling volviera era el francés de pelo grasiento que le había escupido a los pies. Mireille supuso que salía barato y que era por eso por lo que la había vilipendiado.

Congraciarse con los alemanes, sobre todo si quien lo hacía era una mujer, no estaba bien visto, sobre todo por quienes lo pasaban peor, como los pobres o los ancianos. Mireille no iba a malgastar su aliento tratando de explicar que no había tenido elección; sabía que alguien como aquel hombre no lo entendería en ningún caso. Puede que fuera uno de esos tipos que pensaba que una mujer con un vestido elegante o una cara bonita era una «buscona». Lo cierto es que no era asunto suyo: ella sabía que no era una traidora, y eso debería bastarle a cualquiera.

Lo malo es que aquel hombre no fue el único que empezó a murmurar sobre ella. Los vecinos no encajaron bien la noticia de que un oficial nazi viviera con una joven soltera cuyo padre estaba en la cárcel. Algunos empezaron a insultarla por la calle.

–*Putain*, zorra –siseó una anciana que entró en la librería una mañana solo para decirle eso.

–Puta asquerosa –le dijo una chica que había ido a la escuela con ella.

Después de haber escuchado eso, Mireille se sentó, temblando; incluso cuando había intentado explicárselo, su antigua compañera no había querido escucharla. Pero su situación era diferente: aquella joven, a diferencia de ella, que estaba sola, tenía a tres hermanas y a su madre.

Sin embargo, lo peor de aquella semana aún estaba por llegar, encarnado en Valter Kroeling en persona. Mireille estaba limpiando los estantes, muchos de los cuales ahora estaban más vacíos que nunca; los libros que quedaban eran viejos, porque poca gente compraba algo, excepto los nazis. Cuando levantó la vista, su corazón empezó a latir con fuerza, repentinamente aterrorizada. El oficial se dirigía hacia ella. Sus ojos de color azul claro brillaban con algo parecido al odio y al triunfo.

A Mireille se le doblaron las rodillas; si no se hubiese apoyado en un estante seguramente se habría deslizado hasta el suelo. Hizo un esfuerzo para llenar de aire los pulmones. Tenía muy presente la noche que él la había atacado –el dolor, el miedo– y estaba segura de que se habría puesto a gritar si no hubiera habido alguien más en la tienda. Desvió la mirada, intentó respirar con normalidad y dio las gracias porque en esta ocasión no estaba sola.

Kroeling entró en la tienda haciendo una mueca mientras examinaba los cambios que Mireille había hecho en los últimos días. Pera dejar de pensar en sus problemas y en sus miedos, había intentado recuperar la disposición original de la librería, salvo en una pequeña parte con una mesa donde aún se amontonaban los odiosos panfletos que distribuían los nazis, en los que les imponían a los parisinos las nuevas leyes y el nuevo conjunto de situaciones indignas en las que se veían obligados a vivir.

A medida que Kroeling se acercaba, Mireille se armó de valor, irguiendo la espalda y apretando la mandíbula. Si esta vez volvía a atacarla, delante de sus clientes, se defendería, aun cuando uno de los dos acabara muerto.

Sin embargo, el oficial se detuvo a pocos centímetros del rostro de Mireille, con las manos colgando a ambos costados. Sus ojos brillaban, desdeñosos.

—He visto que tu doctor se ha mudado aquí. Entonces se trababa de eso, ¿verdad? ¿Querías un capitán?

Kroeling soltó una risa falsa. Mireille sintió nauseas. En un lado de su cabeza vio las heridas que su padre le había causado con la silla. Esperaba que aún le dolieran.

Ella sonrió con sarcasmo.

—Eso es.

El oficial soltó un leve sonido, con la lengua entre los dientes. Parecía un silbido. Luego se encogió de hombros, fingiendo un aire de indiferencia.

—Pero no es nada especial. Solo es un pobre médico... sin un verdadero rango. En realidad, a pesar de su forma de actuar, no tiene autoridad. —Dio un paso al frente y se río en su cara—. Si lo que querías era alguien con más poder, deberías habérmelo dicho: pronto me ascenderán, si es eso lo que te importa —añadió, mirándola con lascivia y recorriendo su cuerpo con los ojos.

—No se trata de eso, se lo aseguro. Váyase; aquí ya no tiene nada que hacer —le dijo Mireille.

Estaban atrayendo a una multitud de espectadores, y Valter Kroeling parecía estar disfrutando con ello.

—¿Qué? —preguntó mientras un grupo de mujeres se retiraba de una sección de libros de bolsillo en oferta.

A continuación, Kroeling se volvió hacia ella y se rio.

—Ya lo entiendo. No te gusta que te llamen puta. Primero te gusta que te cortejen —dijo el oficial con los ojos brillantes, pasándose la lengua por sus finos y afilados dientes—. Para empezar, debo comprar un libro, como Herr Doctor, y luego me dejas meterme en tus bragas. ¿Es ese tu precio?

Ella desvió los ojos.

—Es usted repugnante.

Kroeling presionó su cara contra la de ella.

—No, tú sí lo eres. Pensé que al menos serías una francesita ogullosa que soportaba a los despreciables alemanes —dijo, resoplando—. Pero eres igual que el resto de otras francesas, que se abren de piernas para el menor postor. —Entonces se dio la vuelta y se dirigió hacia la puerta de la tienda mientras por encima del hombro añadía—: Y será mejor que saques más panfletos. Volveré mañana. Es la única razón por la que aún permitimos que conservéis la tienda.

De algún modo, Mireille consiguió no lanzarle algo a la cabeza.

Aquella misma noche, más tarde, despierta y cansada de dar vueltas y más vueltas en la cama, preocupada por la amenaza de Kroeling, Mireille oyó un ruido procedente de la parte trasera del apartamento, al lado de las escaleras. Sonaba como un rasguño.

Bajó corriendo. Pegó el oído a la puerta y frunció el ceño cuando escuchó lo que le pareció como un leve sollozo.

El médico aún no había llegado del hospital, aunque a veces se presentaba tarde.

Se sentía más segura cuando él estaba allí. Mantuvo todas las puertas cerradas, por si acaso. Le temblaban las manos. ¿Y si era otra vez Valter Kroeling? ¿Y si derribaba la puerta? Era pasada la medianoche; dudaba que el hombre al que Mattaus Fredericks pagaba para que la vigilara se quedara allí hasta tan tarde, no cuando podía gastarse el dinero en alcohol.

Entonces escuchó una voz débil al otro lado de la puerta.

—¿Mireille?

—¿Clotilde? —contestó ella, en un susurro.

Se escuchó un leve «soy yo» en la calle y Mireille abrió en seguida, con el corazón desbocado. Estaba preocupada por Clotilde; llevaba días sin saber de ella, y se sintió aliviada al ver que finalmente estaba en casa; hasta que vio a su amiga apoyada en la pared de enfrente, con la ropa sucia y desgarrada y sangre en el rostro y en el pelo.

Mireille jadeó y la arrastró hacia dentro.

—¿Estás herida? ¿Qué te ha pasado? ¡Oh, Clotilde!

Clotilde la miró con sus ojos oscuros y profundos.

—Me he escapado.

—¿Qué quieres decir?

El corazón de Mireille empezó a latir con fuerza. ¿Es que ninguna de las personas que quería podía estar a salvo?

—Me han seguido. Debería haberte hecho caso. Tenías razón: desde que ese nazi, Valter Kroeling, comenzó a ir tras de ti, nos han estado vigilando. Uno de sus hombres me pilló pasando información en el parque sobre los movimientos de los oficiales y sus horarios... Hay un plan para atacar.

Las rodillas de Mireille se doblaron. ¿Hasta dónde se había comprometido su amiga?

—Ha intentado detenerme, pero me he enfrentado a él. Ya sabes cuál es la pena... —dijo Clotilde con la voz entrecortada.

Mireille cerró los ojos. Era muerte por fusilamiento.

Clotilde se puso a temblar y a sollozar.

—¡Oh, querida! —exclamó Mireille, tirando de su amiga para abrazarla y acompañarla hasta una silla.

Lo primero que tenía que hacer era examinar las heridas; entonces podrían decidir qué hacer. Si hubiera algún lugar donde Clotilde pudiera esconderse, quizás... Sacó un paño limpio del armario y un poco de yodo. Empapó el paño con agua, lo escurrió y se ocupó de las heridas de su amiga. Luego fue a por el *whisky* de su padre y lo sirvió en dos vasos grandes.

–He oído lo de tu padre..., que ha sido detenido. ¿Es cierto? –preguntó Clotilde. Sus enormes ojos estaban llenos de compasión.

Mientras bebían, Mireille le contó lo ocurrido..., lo mal que le habían ido las cosas a Valter Kroeling y que su padre estaba en prisión.

Clotilde cerró los ojos.

–¡Debería haber estado aquí!

–No habría supuesto ninguna diferencia.

Clotilde asintió.

–Tal vez. –Se agarró la cabeza y luego se puso repentinamente en pie–. Tengo que irme. Ese hombre sabe quién soy... Es solo cuestión de tiempo que venga aquí, y he oído que liquidan en seguida a los resistentes por algo como lo que he hecho, golpear a un oficial... Solo quería verte, aunque solo fuera para despedirme.

A Clotilde se le quebró la voz.

Mireille también se levantó bruscamente.

–¡No, no te vayas! ¿Adónde vas a ir, Clotilde? Hablemos... Debe de haber algún sitio donde pueda esconderte. Si huyes, te encontrarán. ¡Eres lo único que me queda! No puedo permitir que te pase nada.

Una voz a sus espaldas les hizo dar un brinco.

–De momento puede quedarse aquí.

Mireille se dio la vuelta muy despacio, con el rostro ceniciento, y vio a Mattaus al pie de las escaleras que conducían a la librería. ¿Cuánto tiempo llevaba allí?

El doctor entró y se acercó directamente a Clotilde, que retrocedió y le miró primero a él y luego a su amiga, aterrorizada. Mireille no sabía por dónde empezar a explicarlo.

–Yo... he pensado que sería mejor dormir abajo, en el almacén –dijo él, a modo de aclaración.

«¿Había estado allí todo el tiempo?», pensó Mireille, con el ceño fruncido.

–Eso debe de doler –respondió Mattaus, mirando a Clotilde–. ¿Me permite?

Se acercó a ella para examinarle la cara. Clotilde dio un brinco cuando él la tocó.

–Es... Es médico –dijo Mireille, tratando en vano de que su corazón latiera con normalidad.

Clotilde parecía estar a punto de echar a correr. Se estremeció cuando Mattaus le recorrió el cráneo con los dedos para comprobar el estado de la piel.

–No hay lesiones. Creo que solo es una herida. Pero necesitará algunos puntos por encima del ojo. Yo se los daré. Abajo, en mi maletín, tengo algo para el dolor... Será solo un momento.

Cuando se fue, Clotilde miró a Mireille y susurró:

–¿Qué esta haciendo él aquí? ¿Debería salir corriendo? ¿Se puede confiar en él?

En cuanto se vio con ánimo de hacerlo, Mireille le refirió el trato a su amiga.

–¿Está aquí porque tu padre le pidió que cuidara de ti? ¿Dupont?

Mireille asintió.

–Sí.

Clotilde negó con la cabeza.

–Y en lugar de invadir tú apartamento, tu espacio..., ¿ha estado durmiendo en el almacén?

–Sí, eso parece.

Al cabo de un instante, Clotilde sacudió la cabeza.

–No sabía que algunos podían ser como él.

Mireille asintió. Ella tampoco. Pero aun así...

–Por muy amable que parezca, no sé si podemos confiar en él, Clotilde.

Se oyó un ruido detrás de ellas. Mattaus volvió a entrar em la estancia. En el caso de que hubiera escuchado las palabras de Mireille, la expresión de su rostro no lo dio a entender. Ella cerró los ojos y sus mejillas se ruborizaron.

Mattaus no dijo nada mientras abría su maletín y preparaba los puntos. Se quedó mirando la botella de *whisky* abierta y le hizo un gesto a Mireille para que le sirviera otro a él.

–Creo que eso ayudará más que esto –dijo, refiriéndose al frasco del medicamento que sacó del maletín.

Cuando hubo terminado, parecía haberse estado preparando para algo, porque, tras respirar profundamente, le dijo a Mireille:

–Pueden hacerlo, y lo sabe.

–¿Qué? –le preguntó ella.

El médico volvió a meter sus cosas en su enorme maletín y lo cerró con un clic sordo.

–Confiar en mi. No voy a traicionarlas. A ninguna de las dos.

Las dos amigas parpadearon. El corazón de Mireille volvió a desbocarse.

–Pero debo decirle una cosa –dijo Mattaus, volviéndose hacia Clotilde–. Se han mantenido reuniones para hablar de la gente que profesa su fe. Por el momento no se va a actuar, aunque no estoy seguro sobre durante cuánto tiempo no lo harán. Temo que muy pronto emprenderán alguna acción. Si puede abandonar la ciudad, sería lo mejor; y si puedo ayudarla a hacerlo, lo haré.

–¿Por qué? –le preguntó Mireille más tarde, después de haber ayudado a su amiga a acostarse.

Bajó al pequeño almacén y comprobó que Mattaus había estado durmiendo allí durante todo aquel tiempo, en un viejo sofá demasiado exiguo para él, cubierto de pelos de gato.

–Me pareció que estaría más cómoda si yo no me quedaba en el apartamento... Me di cuenta de que no conseguía dormir.

Ella frunció el ceño y sacudió la cabeza.

–Gracias, pero en realidad no pretendía esto... Por mí no hay ningún problema, puede dormir arriba. Esto es incómodo, y, después de todo, es usted el que me está ayudando a mí... Lo menos que puede pedir es dormir en un sitio decente.

–Estoy bien, de verdad. Soy médico, estoy acostumbrado a dormir donde y cuando sea.

Ella asintió, se mordió el labio y volvió a hacerle la pregunta de antes.

–Lo que quería saber es por qué deberíamos confiar en usted... ¿Por qué corre riesgos por nosotras?

Él miró al suelo.

–¿Acaso no es evidente? –dijo.

Mireille frunció el ceño.

–Para mí no –respondió ella.

Él le sonrió por primera vez y ella se dio cuenta de lo apuesto que era; de que, en circunstancias normales, le habría encantado mirar un rostro como el suyo, con el pelo corto rubio oscuro, los pómulos marcados, la piel bronceada y aquellos brillantes ojos verdes.

—Bueno, pues debería serlo. He cometido la estupidez contra la que me habían prevenido. Enamorarme del enemigo.

Ella dio un paso atrás. Su corazón empezó a latir a toda velocidad.

—Mireille —dijo él. Era la primera vez que no la llamaba Mademoiselle—. No espero nada de ti ni que sientas lo mismo que yo. Es algo que me afecta solo a mí, o al hombre que solía ser, antes de que mi país se volviera loco... El mundo, en realidad... Y cuando estoy contigo, creo que algún día podría volver a ser ese hombre...

Mireille se sentó en el borde del sofá.

—¿Y quién es ese hombre? —preguntó ella, en voz baja.

—Tan solo un médico. Y puede que un día un marido, un padre.

—¿No un militar? ¿Un nazi?

Por mucho que lo intentara, Mireille no podía evitar que aquella palabra fuera pronunciada de forma envenenada.

Él negó con la cabeza. Su mirada se ensombreció.

—No, eso nunca fue parte del plan. Me reclutaron. Admito que por un tiempo creí en algunas de las cosas que decía la gente que seguía a Hitler. —Ante el ceño cada vez más fruncido de Mireille, trató de explicarse—: Alemania era un país difícil donde crecer. Éramos pobres; estábamos atravesando una gran depresión. Todo cuanto producía el país servía para pagar las consecuencias de una guerra que no comenzamos. La gente sufría y se moría de hambre. Y entonces apareció él y las cosas mejoraron durante un tiempo. Hasta que todo empezó a empeorar, y mucho, hasta que ya nada tuvo sentido. Y, de repente, mis amigos, personas con las que había debatido sobre política, sobre religión y sobre nuestro país, se convirtieron en fanáticos incapaces de razonar. Les habían lavado el cerebro, y si te atrevías a decir algo, suponía la cárcel o la muerte. Nunca quise esto, créeme.

Parecía tan triste y perdido que Mireille tuvo la repentina sensación de que podía ver realmente al hombre detrás del uniforme. Se había sentido aterrorizada por tenerlo en casa. Seguía esperando que se convirtiera en el monstruo que, estaba convencida de ello, se ocultaba tras aquella agradable fachada. Mireille frunció el ceño y luego, con dedos temblorosos, le tocó el hombro. Hasta entonces, nunca lo había tocado voluntariamente, y aunque fue un gesto muy pequeño, lo cambiaría todo.

Él extendió el brazo y le apretó la mano. Ella no la retiró. Por primera vez en muchos meses no quería estar en ningún otro lugar sino allí, sentada junto a él. Dejando que la mirara como lo hacía y, por un momento, disfrutando de la idea de que tal vez el mundo volvería a tener sentido algún día.

Capítulo 21

Fue necesaria una semana, que Clotilde pasó escondida en el apartamento, para que Mattaus consiguiera los documentos de identidad falsos con el fin de que pudiera abandonar el país.

Ya habían venido varios funcionarios a comprobar si Clotilde había vuelto al apartamento. Afortunadamente, el médico contestó a todas sus preguntas y les enseñó el sitio para demostrar que no estaba allí. No se lo enseñó todo, por supuesto. Como el lugar donde la habían escondido, que se encontraba en la buhardilla. Hubo un momento en que uno de los hombres miró al techo, como si estuviera considerando la posibilidad, pero cuando vio que Mattaus lo miraba enarcando las cejas, asintió y se fueron.

Después de aquello, todos suspiraron aliviados.

–Estos documentos te permitirán escapar a través de España. Un hombre te ayudará a cruzar la frontera.

Clotilde se había teñido el pelo de rubio la noche anterior. Se iría con el doctor llevando uno de los vestidos de Mireille, lo que demostraba lo mucho que había adelgazado su amiga, porque a pesar de la diferencia de estatura, la prenda le quedaba bien. A Mireille se le rompió el corazón al verla tan desmejorada.

El doctor y Clotilde repasaron el plan una vez más mientras Mireille observaba a su amiga preparando su equipaje con lágrimas en los ojos. ¿Cuándo volvería a verla?

—¿Me harás saber de algún modo que estás a salvo? —le dijo Mireille por tercera vez aquella mañana.

Clotilde asintió y la estrechó contra su pecho.

—Te lo prometo —dijo. Entonces, hinchando las mejillas, añadió—: Creo que él es uno de los buenos.

Mireille asintió y le dio un último abrazo mientras Mattaus le decía que se apresurara: el coche los estaba esperando afuera.

Cuando Clotilde estaba en las escaleras, Mattaus se volvió hacia Mireille.

—La acompañaré hasta Lyon. Volveré esta noche, tarde, desde el hospital. Llevará un tiempo saber que ha podido cruzar la frontera... Tienes que ser fuerte.

Mireille asintió. Cuando él extendió el brazo para apretarle la mano, ella le devolvió el gesto.

El ansia consumía los días de Mireille. Ansia por su padre y por su amiga. En la cárcel, siempre había recibido una negativa: no le dejaban ver a su padre. Sin embargo, un día, uno de los guardias más jóvenes se compadeció de ella y le concertó una visita. Era delgado y tenía una cicatriz en la comisura del labio, pero sus ojos eran amables.

—No es necesario que venga todos los días —le dijo el joven—. No lo estamos maltratando.

Ella asintió. Aquel muchacho tenía algo que le hacía pensar que le estaba diciendo la verdad.

Mireille intentó contentarse con pensar que no lo estaban torturando, pero aun así siguió acudiendo a la cárcel, preocupándose por él. La asaltaban otros miedos: la enfermedad, el hambre, la soledad... Solo podía evitar uno de ellos.

—¿Podría darle esto? —le pidió al guardia, pasándole un

nabo hervido envuelto en un paño–. He oído decir que la comida escasea.

–La comida escasea en todas partes –le respondió el guardia.

Se quedaron mirándose fijamente durante un buen rato. Finalmente, él lanzó un leve suspiro.

–¿Puedo traerle más comida?

El guardia no dijo nada durante un largo momento y Mireille se preocupó. Quizás había ido demasiado lejos y él le tiraría la verdura a la cara. Pero, finalmente, el joven suspiró y asintió. Quizás esperaba que, en algún sitio, de algún modo, alguien también estaría tratando bien a su padre.

–Vuelva mañana a la misma hora.

Tardó tres días en enterarse de que Clotilde había llegado a España sana y salva. Por primera vez en mucho tiempo, Mireille sintió que podía respirar. Durante el tiempo transcurrido desde la huida de su amiga había estado deambulando, aturdida, sin ver apenas el rostro de Mattaus. Solo la consolaba la continua presencia del médico y la certeza de saber que no tener noticias de Clotilde eran buenas noticias.

Cuando Mattaus llegó a casa aquella noche, después de que Mireille hubiera sabido de Clotilde, cenó con él. Antes de levantarse de la mesa, ella le tocó el pelo y le dio un beso en la frente. Mattaus extendió la mano para tocar la suya. La mirada de sus ojos verdes era intensa y oscura. Mireille sintió un nudo en el estómago cuando él se levantó para besarla de verdad. El corazón de Mireille empezó a latir con fuerza. Cuando sus labios se posaron sobre los de ella, cerró los ojos y se sumergió en el beso.

Capítulo 22

1941

Ya había llegado la primavera cuando, por fin, el padre de Mireille fue puesto en libertad. Volvió a casa debilitado y muerto de hambre a pesar de la comida que ella había podido hacerle llegar. Dupont había dado la mayor parte a otro prisionero que había empezado a toser sangre.

El tiempo en prisión lo había vuelto aún más irritable. Su resentimiento contra los alemanes era una herida infectada que no se curaría jamás.

A pesar de que le había pedido a Mattaus que se quedara con su hija, la idea no le gustaba nada. Se malhumoraba al ver que el médico seguía allí después de su regreso. Quería recuperar su casa y su intimidad, un refugio lejos de ellos, pero se sentía condenado a no conseguirlo nunca.

Mireille cuidaba de su padre lo mejor que podía, tratando de moderar su ira y alimentándolo, pero su estómago era delicado y no podía comer demasiado tras tantos meses de desnutrición.

A medida que se acercaba el verano de 1941, el racionamiento se había vuelto cada vez más oneroso. Los nabos se habían convertido en un alimento básico de su alimentación diaria, a pesar de la escasa comida extra que el médico traía a casa, que era cada vez menos a medida que las necesidades de la ciudad aumentaban debido a que las granjas habían dejado de producir. Toda la comida iba destinada a los soldados.

—Ahora ya estoy en casa... ¿Por qué no se va? —se quejó Vincent por tercera vez aquella semana al oír al médico en las escaleras cuando se disponía a acostarse.

—Ya sabes por qué, papá —respondió Mireille—. Si él sigue aquí, Valter Kroeling no volverá.

Su padre asintió y encendió uno de los cigarrillos que le había dado el doctor.

—Supongo que debemos estar agradecidos por eso.

—Sí.

Dupont se frotó los ojos. Estaría agradecido solo cuando todo hubiera terminado, cuando los alemanes hubiesen abandonado la ciudad y su casa.

Mireille esperó a que su padre se durmiera antes de bajar y entrar en el almacén donde aún seguía durmiendo Mattaus, que se había negado a invadir el apartamento. Ella lo había ordenado todo tanto como pudo para que estuviera más cómodo.

Mattaus levantó la vista al oír el crujido de la puerta y se incorporó rápidamente cuando vio que era Mireille. Solo llevaba un par de calzoncillos blancos.

Mireille cerró la puerta y se apoyó en ella. Se había puesto su mejor salto de cama, que había comprado antes de la guerra. Ahora era el único que tenía.

Ella tragó saliva. Su respiración se aceleró.

—¿Mireille?

Lo miró fijamente, a él y a su cuerpo. Era un hombre corpulento. Alto, esbelto y musculoso. Sus brazos, su cuello y su rostro estaban bronceados.

De repente se puso muy nerviosa. Todo esto le había parecido una buena idea antes de llevarla a cabo. No podía dormir, y cuanto más se quejaba de Mattaus su padre, se daba cuenta de lo enfadada que estaba por lo que decía y hasta qué punto había llegado a querer a ese hombre que lo había arriesgado todo por ella y que además había ayudado a su amiga a salir del país.

Los dientes de Mattaus eran blancos y perfectos. El estómago de Mireille dio un vuelco al ver lo guapo que era, sobre todo cuando sonreía.

–Hola –dijo él en voz baja–. He estado pensando.

–¿En qué? –preguntó ella, acercándose a él, descalza.

Se sentó en el borde del viejo sofá, consciente de lo transparente que era el salto de cama y de hasta qué punto dejaba ver su cuerpo. Había poco espacio; Mattaus lo ocupaba casi por completo. Notó el calor de sus piernas rozando las suyas.

Él la miró y luego sacudió la cabeza. Las líneas de expresión se dibujaron en la comisura de sus ojos.

–En ti –respondió él simplemente.

Mireille se mordió el labio.

–¿Y en qué piensas cuando piensas en mí?

–En todo.

Él tiró de ella y la besó. Al cabo de un momento, Mireille estaba tumbada debajo de él mientras las manos y los labios de Mattaus recorrían todo su cuerpo, besándole el cuello, los hombros, los senos. Tuvo que morderse el labio para no lanzar un gemido hasta que decidieron ir más lejos y ella separó los muslos. Sus labios le provocaron un escalofrío cuando le susurró al oído:

–¿Estás segura de que quieres esto?

Ella asintió. En aquel momento, él era lo único en su vida de lo que estaba segura.

Capítulo 23

Ocho semanas después, Mireille se enteró de que estaba embarazada. La ropa le quedaba pequeña, a pesar de que estaban sobreviviendo a base de nabos y de algún que otro trozo de carne. Mattaus la examinó y, cuando se lo confirmó, ella se pasó el resto de la tarde sollozando.

A las mujeres como ella las llamaban putas y traidoras. Escupían a las que habían tenido hijos con oficiales alemanes: la gente les daba patadas y pellizcos, y les prometían que, cuando la guerra llegara a su fin, las mujeres como ella serían las primeras a las que matarían.

No importaba que se hubiera enamorado de Mattaus, que él fuera diferente ni que no hubiera deseado esta guerra. Jamás la creerían. Pero ¿qué pasaría con su bebé? ¿Cómo lo tratarían? ¿Cómo a un paria? ¿Se criaría odiándose a sí mismo por algo que no era culpa suya? En la calle había visto cómo miraban las mujeres a los hijos de los militares nazis cuando sus padres los sacaban de paseo: era como si quisieran lanzarlos bajo las ruedas de un autobús.

Mattaus la mecía contra su pecho, susurrándole palabras para que se tranquilizara. Aquello era lo mejor que le había pasado desde que Mireille se había acostado con él por primera vez: iba a ser padre y, si ella se lo permitía, también un marido. Para ella era otro ejemplo de cómo algo que debería haber sido un momento cotidiano y feliz se convertía en algo sucio y distorsionado a causa de aquella guerra infernal.

Se casaron en secreto. En una pequeña iglesia, con un sacerdote al que pagaron con comida.

El religioso no disimuló su desdén, aunque ni a Mattaus ni a Mireille les importó lo que pensara. Sabían lo que había entre los dos, pero ella estaba aterrorizada por cómo iba a decírselo a su padre.

Mattaus sugirió que se lo contaran aquella misma noche y ella estuvo de acuerdo.

Su padre se hundió en la silla al conocer la noticia. Su rostro parecía haber envejecido años en un solo instante. Se lo veía cansado, flaco y viejo. El día antes se le habían caído varios dientes porque se pudrieron mientras estaba en la cárcel. Sin embargo, aquella era una noticia incluso más difícil de asumir.

Su mirada era de consternación.

—Embarazada de un nazi.

Mireille cerró los ojos.

—Lo siento, papá.

Dupont negó con la cabeza.

—No. No lo sientas.

La expresión de su rostro, retorcida de dolor, era de furia. Mireille nunca lo había visto tan derrotado, tan roto como en aquel momento. Sintió que se le encogía el estómago: odiaba ser la responsable de su estado.

Las lágrimas empezaron a rodar por las mejillas de Mireille.

—Intenté no enamorarme de él —dijo, con la voz quebrada.

Su padre cerró los ojos. Al cabo de un rato, sacudió la cabeza y dijo:

—Le pedí que se quedara, es culpa mía. Estuviste sola con él, ¿qué cosa podía esperar?

—No, papá, esa fue una buena decisión. Es un buen hombre.

Dupont gruñó.

Mattaus guardaba silencio; no se inmutó cuando el padre de Mireille lo insultó.

–Cuidaré de su hija, se lo prometo. La quiero.

Dupont no dijo nada. Simplemente se sentó y sacudió la cabeza, con el rostro lleno de dolor mientras repetía:

–Embarazada.

Capítulo 24

—Así que por eso me mandó al extranjero –susurró Valerie. El café se había quedado en silencio. Aunque eran de los pocos clientes que aún permanecían allí, siguieron sentadas y bebiendo mientras Madame Joubert, la mejor y más vieja amiga de su madre, le contaba todo lo que su abuelo había intentado desesperadamente que nunca averiguara. Porque se lo debía a su amiga y al amor gracias al cual ella había salvado su propia vida.

–Sí.

–¿Dupont se sentía culpable?

–Sí. Creo que quería apreciar a Mattaus, y antes de ir a prisión puede que lo hiciera. Sin embargo, después de haber pasado varios meses en una cárcel dirigida por los nazis, acabó odiándolos incluso más que antes. Pero no estaba solo; había muchos otros como él. Y era comprensible, créeme... Como judía, soy la primera en gritar mi odio por los nazis, pero algunos lo llevaron demasiado lejos. Sobre todo, cuando se trataba de los hijos de padres alemanes. Le gente consideraba que debían sufrir tanto como ellos habían sufrido. Esos niños fueron ridiculizados, estigmatizados y condenados al ostracismo. Y sigue sucediendo incluso hoy en día. Algunos nunca fueron aceptados por el resto de sus familias, por lo que crecieron marcados por profundos daños psicológicos. Dupont puede ser muchas cosas, pero quería a su hija y te quería a ti..., y, cuando ella murió, tomó la decisión, por muy difícil que le resultara, de mandarte al extranjero para que tú no sufrieras las consecuencias. Creo que es lo que habría deseado hacer con Mireille de haber tenido el valor para ello: mandarla al campo cuando llegaron los alemanes. Me parece que pensó que contigo tenía una segunda oportunidad de hacer bien las cosas, aunque eso le rompiera el corazón.

Aquella noche, cuando Valerie volvió a casa, pensó en todo lo que Madame Joubert le había dicho. Trató de otorgar sentido a sus propios prejuicios, a sus propias creencias, y compararlos de algún modo con las de su madre y por supuesto con los de su padre. ¿Podría entender que una mujer en la situación de su madre se hubiera enamorado de un hombre como Mattaus Fredericks? Sinceramente, la respuesta era sí. Como su madre, la lealtad era un elemento clave de su corazón, de su forma de ser, y podía entender muy bien que después de que arriesgara su vida para salvar la de su amiga, se hubiera enamorado de él. La revelación llevaba implícita una nueva perspectiva sobre quién era su padre: eso aplacaba la ola de vergüenza que la había inundado cuando supo que había sido un oficial nazi. Sin embargo, sabía que no podía estar segura de todo lo que guardaba su padre en su corazón. No podía estar segura de que fuera un buen hombre en todos los sentidos, porque, como le había dicho Madame Joubert, durante un tiempo él también había creído en lo que representaba el Partido Nazi. No obstante, se dijo que lo que realmente le importaba era el hombre que había sido al final, la clase de persona que hizo lo correcto a toda costa, aun cuando eso significara traicionar a su país y a sus leyes.

Valerie fue consciente de que, en muchos aspectos, su padre era la persona a quien más necesitaba comprender.

La lluvia golpeaba la ventana cuando se acostó. Una vez más, aquella noche tardaría en conciliar el sueño.

A la mañana siguiente descubrió que Dupont le había preparado otra taza de té y ella sonrió mientras la miraba. «En algún, momento –se dijo– tendré que enseñarle a prepararlo bien».

Aquella mañana, él la pilló varias veces mirándolo mientras pensaba en él y en la decisión que había tomado de mandarla al extranjero. Pensó que estaba empezando a entender el hecho de que creyera que era lo mejor. Una parte de Valerie sentía algo que no habría esperado sentir unos meses atrás, cuando llegó a la librería. Sentía compasión.

Sin embargo, aún había otra parte de ella que no podía creer lo que Madame Joubert le había dicho: que él la quería. Quizás fuera cierto a su manera, pero ¿no era posible que también quisiera mandarla a un lugar lejano para ahorrarse el dolor que le producía mirarla y saber cómo había llegado al mundo?

La noche anterior, después de haber salido de Les Deux Magots, Valerie y Madame Joubert pasearon a orillas del Sena. Aún no querían volver a casa, cada una por diferentes motivos. La noche había caído y se oía el suave canto de los pájaros y el rasgueo de una guitarra procedente de una barcaza.

Las luces proyectaban cintas doradas en el agua a la orilla del río y se reflejaban en los ojos verdes de Valerie cuando se volvió hacia Madame Joubert con el ceño fruncido. Estaban hablando del día que se habían llevado a Valerie de París.

Madame Joubert había sacudido la cabeza; sus rizos rojizos brillaban como castañas en el aire de la noche.

—Fue justo después de que terminara la guerra —insistió la mujer mayor mientras Valerie protestaba, con el ceño fruncido.

—Pero yo recuerdo que fue durante la guerra. Estoy segura de ello. La huida, corriendo..., el sabor del miedo. Amélie me cogió, y en una de las calles había soldados. Mi tía les tenía terror, podía sentirlo. Cuando me llevó con ella tuvo que ser mientras aún duraba la guerra.

Madame Joubert se acurrucó en su gruesa bufanda de lana mientras susurraba:

—No. Fue después de la guerra: los soldados que viste eran de los nuestros. Ella estaba asustada por ti a causa de ellos. En aquel momento reinaba el pánico, y no estaba claro lo que iba a pasar con los hijos de la gente a la que querían exterminar en «la purga». La ciudad quería deshacerse hasta del último recuerdo de la ocupación. Y castigar a todas aquellas personas que habían colaborado con los alemanes: las mujeres que se habían acostado con los militares, los hombres que había hecho negocios con ellos. La sed de venganza era inmensa en aquellos conciudadanos que, en el corazón y en la mente de muchos parisinos damnificados, parecían haberse aprovechado de la situación. Dupont estaba preocupado por lo que eso podía significar para ti: ¿podían reunir a todos esos niños y llevarlos a un campo? ¿Mandarlos a un orfanato? Aun cuando no te hubieran conducido a ningún sitio, la otra realidad que habrías vivido era la de una niña que nunca habría sido considerada como uno de nosotros, a la que siempre tratarían como a una extraña...

Entonces, Madame Joubert le contó la historia de un muchacho del que había oído hablar y que se suicidó cuando cumplió trece años. Su padre era alemán y todos los días se burlaban de él sin piedad, hasta que no pudo soportarlo más y se tiró desde lo alto de un puente. Otro joven fue en busca de su familia alemana después del trato que había recibido como hijo de una de aquellas desgraciadas uniones.

–No sé cómo eran las cosas en el otro bando ni si a los hijos de los aliados los trataban mejor en Alemania. Pero, por todo lo que aprendí durante aquella época, sospecho que no era así. Pero puedo decirte una cosa: tu abuelo pensaba que tendrías que enfrentarte a una guerra después de la ocupación en las calles de París, intentando, sin conseguirlo, justificar ante la gente que se sentía profundamente herida y estaba muy enfadada porque algo así hubiera podido ocurrir. Por eso te mandó a vivir con Amélie. Quería ahorrarte el dolor de sentir que no pertenecías a...

–Pero hubo momentos en que me sentí así de todos modos. Siempre he sabido que no encajaba, que había algo que no cuadraba.

Madame Joubert asintió.

–Lo sé.

Valerie miró a Madame Joubert y sacudió la cabeza.

–Sin embargo, es verdad. Me ahorré todo ese odio, ese sufrimiento. Aunque a veces me sentí como una extraña, no se debía a la crueldad de nadie. He tenido una buena vida, llena de amor, de amabilidad y de amistad.

Al oír eso, los hombros de Madame Joubert empezaron a temblar, y Valerie se dio cuenta de que Dupont no era el único que había pedido la absolución por haber tomado la decisión de que fuera Amélie quien la criara... Posó una mano sobre el hombro de Madame Joubert.

–Soy consciente de que aquí no habría tenido todo eso... Siempre habría habido una brecha entre el mundo y yo.

Mientras crecía, Amélie había sido una tía y una madre para ella. Había conocido el amor y la bondad. Nunca la habían hecho sentir como, sin duda alguna, muchos otros niños y niñas como ella se habían sentido.

Valerie sospechaba que jamás entendería la decisión de su abuelo de mandarla al extranjero, ni las razones que esa decisión escondía. Ahora era fácil decirlo, cuando reinaba la paz y no había que someterse a un poder para ponerse a prueba, para poner la voluntad de supervivencia por encima de los ideales y de lo que se había hecho.

Habían estado deambulando hasta llegar al edificio de apartamentos en la Rue des Oiseaux. Era pasada la medianoche. Madame Joubert había rodeado los hombros de Valerie con el brazo, y cuando se desearon buenas noches, ella sintió por un momento que podía ver a esa chica, a la mujer que había formado parte de la resistencia, fiera y leal hasta decir basta, a la joven Clotilde, mientras subía las escaleras hasta su apartamento.

Capítulo 25

Sonó el teléfono de la librería y Valerie respondió:
–Gribouiller.

Al fondo, Dupont gritó, levantando la vista del libro de contabilidad. Con un dedo nudoso y manchado de tabaco golpeaba una página llena de cifras, con una enorme calculadora al lado.

–Si es Timothe Babin, dile de mi parte que es un desvergonzado por llamarte y tratar de convencerte en secreto. La respuesta es no. No pediré más libros del maldito Fleming. Me da igual que vayan a hacer otra película y que la protagonice ese escocés, que, en mi opinión, solo consigue que sea peor.

–¿Es tu abuelo el que está gritando? –preguntó la voz de Freddy.

Valerie sonrió. Se puso un lápiz detrás de la oreja y dijo:
–Define «gritar».

La línea crepitó ligeramente.

–Hum... Pueden oírlo hasta en Berlín Oriental, y aquí me dicen que ya tienen bastantes problemas y que le diga que baje el tono.

Valerie se rio.

–¿Qué puedo hacer por usted, señor Lea-Sparrow?

–Bue-bueno...

La respuesta fue una conversación de diez minutos bastante subida de tono que hizo ruborizarse a Valerie.

—Fre-ddy, la gente podría estar escuchando. ¿Cuándo volverás?

—Puede que antes de lo que te imaginas...

—¿De verdad? ¿Cuándo? —exclamó ella, irguiendo la espalda.

—Muy pronto.

—¿Qué significa eso?

—Mira afuera.

Ella frunció el ceño. Luego levantó la vista y gritó de alegría. Allí estaba. Valerie se dijo que a partir de aquel momento siempre comprobaría la cabina telefónica que había en la calle cada vez que Freddy llamara.

Él se echó a reír y, a través del auricular, dijo:

—Siempre picas...

Pero Valerie no lo oyó, porque ya estaba cruzando la calle, esquivando un coche que hizo sonar el claxon y cuyo conductor la reprendió mientras corría para echarse en los brazos de Freddy.

Unos minutos más tarde, cuando volvió a toda prisa a la tienda para preguntar si podía salir a comer temprano, sin aliento y feliz, con sus largos cabellos rubios flotando sobre su espalda, Dupont se limitó a resoplar y a despedirla con un: «Gracias a Dios, ahora al menos podré dejar de prepararte esa bazofia para animarte. Vete, vete...».

Valerie cogió la chaqueta y se fue, risueña. Cogidos del brazo, se fueron al apartamento de Freddy. Compraron una botella de vino por el camino, un par de *baguettes* recién salidas del horno en la panadería de la esquina y un poco de queso que olía tan mal en la diminuta nevera que más tarde se arrepentirían. Después de haberse saludado de una forma mucho más íntima, montaron un pícnic en la cama.

–Me parece que te he corrompido –dijo Freddy con una media sonrisa.

Valerie se rio. Sus ojos verdes brillaban.

–Amélie dijo lo mismo cuando solo éramos unos niños. Lo recuerdo perfectamente. Lo expresó así: «Ese chico va a traerte un sinfín de problemas». También tenía razón. Muchos problemas.

Ella soltó una risita.

Él sonrió y encogió un hombro desnudo.

Mientras despachaban su pequeño festín, ella le contó –masticando un trozo de *baguette*– lo que Madame Joubert le había revelado sobre su madre.

Freddy apoyó la cabeza oscura y despeinada en la cabecera y dio una calada al cigarrillo que había encendido. Iba sin afeitar; la barba incipiente lo hacía parecer mayor.

–Entonces, ¿se enamoraron? –dijo–. Bueno, supongo que es comprensible cuando te abocan a una situación así: el miedo que tenía con ese oficial acechándola y ese otro hombre saliendo en su defensa y la forma en que siguió tratando de ayudarla... ¿A quién no le habría ocurrido lo mismo?

Valerie se dio cuenta de que aquella era una de las cosas que más amaba de Freddy: lo justo que era. Nunca veía las cosas solo en blanco o negro.

–Sí –repuso ella–. Me costó aceptarlo..., que ella se enamorara de él, aunque entiendo por qué pasó. Pero por mucho que él pareciera una buena persona... –Valerie hizo una mueca–, no puedo evitar desear que no hubiera ocurrido...

Freddy la miró.

–Pero entonces no estarías aquí, Val. No, lo siento, pero yo le agradezco que acabara acostándose con él, fuera un nazi o no.

Ella se rio. Quería verlo igual que él, sin juzgar. Sabía que era algo que debía procesar, asimilar. Incluso ella tenía sus prejuicios a causa de las secuelas de la guerra, y eso implicaba despojar de ellos a la persona que había sido su padre, del hombre que una vez había sido un nazi, de la vergüenza de saber que una parte de su historia, como consecuencia de todo lo que había descubierto, se situaba en el lado «equivocado», en el de los responsables de uno de los peores actos de la historia de la humanidad, por muy buena persona que su padre pudiera parecer.

Capítulo 26

Valerie encontró el diario por casualidad poco después de Año Nuevo. Había estado hojeando la colección algo pegajosa de libros de recetas que Dupont tenía en el estante de la cocina cuando vio un cuaderno de piel que sobresalía entre un libro de cenas provenzales y otro de platos típicos franceses. Pensando que estaba fuera de lugar, lo sacó y, al abrirlo, miró fijamente la letra clara y oblicua de su madre. Se quedó sin aliento. Allí, escritos de su puño y letra, estaban sus primeros momentos en este mundo.

Su fecha de nacimiento: *12 de marzo de 1942*. Su peso: *3,5 kilogramos*.

Pero fue la primera frase la que le llamó la atención y le hizo cerrar el cuaderno, con el corazón martilleándole el pecho.

Valerie Fredericks.

Se llevó la mano al corazón mientras jadeaba, asimilándolo. Su apellido era alemán.

Aquella tarde, mientras ordenaba los estantes, su mente seguía conmocionada por el nuevo descubrimiento, como un disco rayado. Fredericks. «Mi apellido es Fredericks». Le temblaban los dedos mientras intentaba sostener un cigarrillo y disfrutar de la sensación liberadora de aspirar toxinas hasta el fondo de sus pulmones, sofocando el peso de todos sus pensamientos.

Se preguntaba por qué la revelación la había afectado tanto. Sabía que su madre se había casado con él. Entonces, ¿no era lógico que llevara su apellido? Lo era, pero aun así había supuesto un *shock*, otra más de las muchas cosas que ignoraba sobre sí misma. ¿Por qué su tía y su tío –o incluso el propio Dupont– no se lo habían dicho cuando era pequeña? Aun cuando fuera capaz de entender la decisión de que la criaran en otro lugar, ¿por qué tenían que ocultarle gran parte de su pasado?

Aquella noche, más tarde, Valerie se presentó en el apartamento de Madame Joubert. La mujer le abrió la puerta vestida con un kimono azul estampado cuya tela sacudían sus brillantes rizos rojizos. Al principio frunció levemente el ceño por una visita a aquellas horas, pero, al ver que se trataba de ella, desapareció en seguida.

–*Chérie*.

Valerie le mostró el diario.

–He encontrado esto. Era de mi madre. ¿Puedo pasar?

Madame Joubert puso unos ojos como platos.

–Pues claro, *chérie*. ¿Estás bien?

–No estoy segura –dijo Valerie con sinceridad.

Una pequeña lámpara en un rincón de la sala de estar estaba encendida. Madame Joubert acompañó a Valerie hasta el sofá de terciopelo verde y le preguntó si quería tomar algo.

Valerie a esquina de la sala de estar.

Madame Joubert le sirvió una copa y tomó asiento a su lado.

–¿Me permites? –le preguntó, señalando el cuaderno.

Valerie asintió. La observó mientras abría el cuaderno encuadernado en piel. Sus dedos se detenían mientras hojeaba páginas. Una mano revoloteó hasta su corazón.

–Habla de ti –susurró Madame Joubert.

Valerie asintió. Las lágrimas le escocían en los ojos mientras se aclaraba la garganta, intentando también ahuyentar la repentina oleada de emoción.

–Solo quería... enseñárselo a alguien; a alguien que lo entendiera.

Madame Joubert asintió. Pasaba las páginas. Valerie la miraba mientras lo hacía. No había conseguido seguir leyendo el cuaderno a solas. Contuvo el aliento cuando vio la letra de otra persona, más confusa; la de un hombre, supuso, y fue consciente con un sobresalto que debía de ser la de su padre.

–Es una especie de diario –susurró.

Las entradas eran breves, destellos de sus vidas. Había sido escrito cuando Mireille, sin duda alguna, no podía imaginarse que un día encontrarían el cuaderno.

Leyeron juntas un pasaje que hizo que a ambas se les saltaran las lágrimas.

Hasta ahora he identificado cinco tipos de llanto. Lisette, la comadrona, dijo que un día los comprendería todos. Pero hay uno que es solo para mí, para su madre. Se escucha cuando salgo de la habitación, y es el que más me rompe el corazón.

Valerie tomó un sorbo de vino y levantó un dedo para secarse los ojos, que seguían humedeciéndose. Y entonces se dio cuenta de qué era lo que más la había inquietado del hallazgo del diario del bebé, más, incluso, que lo del apellido Fredericks: allí estaba la historia de su madre, escrita con sus propias palabras. En cierto modo, aquello la hacía real, más real que todo lo que había oído hasta aquel momento.

Madame Joubert leyó otro pasaje, sonriendo con los ojos empañados.

He sido bendecida con un bebé tranquilo. Aunque sé que no cuento con un punto de referencia para poder juzgar, estoy convencida de que he tenido más suerte que la mayoría. Valerie duerme toda la noche. Debo confesar que a veces la despierto solo porque la echo de menos. M no lo aprueba.

Madame Joubert volvió a llenar sus copas. Luego asintió.

—Yo también tengo algo que quiero compartir contigo.

Cruzó la habitación hasta un hermoso escritorio antiguo con patas en forma de garra. La madera se veía pulida y brillante bajo la luz ambarina. Abrió el escritorio con una llave que se había vuelto de color verde con el paso del tiempo. En su interior había un mazo de cartas.

—Tu madre me escribió mientras yo estaba en España. No pudo mandar las cartas, por supuesto, pero aun así las escribió.

Madame Joubert respiró profundamente, con la nariz roja.

—Las encontramos más adelante, debajo del colchón de su cama, después de que... —dijo, dejando escapar un leve suspiro.

«Después de que muriera», se dijo Valerie. Con dedos temblorosos, cogió las cartas que le tendía Madame Joubert. Estaban atadas con cinta de floristería.

Madame Joubert vaciló.

—Yo... me alegro de que hayas encontrado eso —dijo, señalando el cuaderno de piel—. Demuestra que hubo un momento, antes del miedo y las preocupaciones, en el que ellos fueron felices, casi como otros padres normales. Estas cartas —añadió, aclarándose la garganta— hablan de sus primeras tensiones. A lo largo de toda esta semana me he preguntado si debía compartirlas contigo en el caso de que te hubieras formado una idea equivocada, de que hubieras juzgado a tu madre con demasiada severidad... Al principio ella estaba muy angustiada por el embrazado, y en casa se respiraba cierto nerviosismo.

Valerie frunció el ceño mientras miraba el mazo de cartas y sentía una leve punzada de ansiedad en el corazón.

Aquella noche, más tarde, mientras escuchaba los ronquidos de Dupont, Valerie abrió la primera de las cartas. Observó los garabatos de su madre. La letra que antes era nítida y oblicua parecía apresurada, como si las letras volaran, algunas a medio terminar; una prueba de sus miedos y de sus dudas, se dijo.

Queridísima Clotilde:

El bebé está empezando a crecer. Mattaus dice que está sano a pesar de nuestra limitada alimentación. Se le ve fuerte a pesar de ello. Debería estar contenta, pero no lo estoy. Solo tengo miedo. Me consume noche y día. Hace dos semanas, una mujer embarazada sobre la que se rumoreaba que se había acostado con un oficial alemán fue empujada por la calle por una multitud enfurecida, después de que se difundiera la noticia sobre unos estudiantes que fueron arrestados por participar en una marcha de protesta. La mujer cayó al suelo y alguien la pateó. Su bebé nació muerto. Mi padre dijo que para el niño, aunque no lo pareciera, había sido una bendición. No podía creer que pensara eso, y mucho menos que lo dijera. Me enfadé mucho con él. Sin embargo, debo que confesar que sería más fácil si no me hubiera quedado embarazada. Es el bebé lo que más me preocupa..., qué pasará cuando nazca, qué ocurrirá si no estamos para protegerlo y una turba enloquecida se vuelve contra él... Estos pensamientos no me dejan dormir por la noche.

Mi padre me ha sugerido que me vaya al campo para el parto..., a un convento en Haute-Provence. Pero la verdad es que, ¿por qué iban a ayudar a la mujer de un nazi? Además, Mattaus se quedaría devastado. Él nos ve a los dos llevando una vida normal, y yo intento creer con todas mis fuerzas que tal vez sea posible. Que esta horrible guerra podría llegar pronto a su fin...

Puede que así sea. A veces, cuando no puedo dormir, pienso en ti, que estás en España, y eso me reconforta. Te imagino en el campo, en algún lugar cálido con sabor a aceitunas y pienso que un día yo también iré. Espero que estés bien y que hayas ganado algo del peso que habías perdido. Pienso en ti así a menudo... Me gustaría que hubiera un modo de poder mandarte esta carta, de oír tu voz. Te echo de menos todos los días. El otro día me quedé mirando fijamente a una mujer pelirroja y con los labios pintados. Ni siquiera sé explicarme por qué acabé llorando. Sin embargo, ella fue muy amable y me ofreció su pañuelo. Me pregunto si habría sido tan amable de haber conocido mi secreto. Dentro de poco empezará a notarse...

M.

A pesar del impacto de las palabras de su madre, Valerie siguió leyendo. Descubrió que, de alguna manera, sus temores demostraron ser ciertos. Según otra carta, a medida que pasaba el tiempo y a Mireille empezó a notársele el embarazo, algunos de sus clientes habituales dejaron de ir a la librería. Y peor aún era lo amargado que se había vuelto Dupont por toda la situación.

Simplemente, él no es capaz de aceptarlo. Todos los días veo los esfuerzos que hace, intentando que Mattaus le caiga bien, tratando de no tener en cuenta sus dudas, aunque estas vuelven a él todas las noches como un peso que soporta. Me dijo que ya era bastante malo que me hubiera acostado con M, pero que casarme con él era algo que no podía entender... Le dije que M no quería que su hijo se criara como un bastardo, y él me respondió: «¿Acaso no es ya bastante malo que su padre sea un nazi?». Después de oír eso, me pasé toda la noche llorando, Clotilde. Lo cierto es que M no es así..., de verdad que no...

Valerie cerró los ojos. Los temores de su abuelo eran exactamente los que ella misma tenía cuando se enteró. Le dio lástima su madre, que se esforzaba tanto por convencer a su padre de que Mattaus era un buen hombre. Que no era como los demás.

Si pudiera llegar a conocerlo, creo que lo entendería, que lo comprobaría por sí mismo.

Valerie se preguntaba si Mireille le había escrito a Clotilde porque ella sabía que su amiga entendería que, a diferencia del resto, Mattaus lo había arriesgado todo y se había convertido en un traidor por ella. Solo por eso, al menos merecía su amor y su confianza.

Cuando el alba ya teñía el horizonte, Valerie aún seguía leyendo las cartas. Descubrió que, a medida que iba pasando el tiempo, los temores de su madre comenzaron a menguar un poco cuando entre ella y Mattaus se afianzó la emoción de tener un bebé.

Hoy, M ha traído del mercado una calabaza gema. No disfrutábamos de algo tan exótico desde hacía semanas... Normalmente, para cenar, hay nabos, y, con un poco de suerte, alguna que otra patata. M dice que ese es el tamaño del bebé en este momento. Ha pagado una suma absurda por la verdura. No dejé que nadie se la comiera durante tres días; la miraba como una idiota, y al final se marchitó. ¡Cómo te habrías reído de mí mientras lloraba cuando la hervía para la cena!

Valerie descubrió que fue por esta época cuando Mireille había empezado el diario del bebé.

Quiero que quede constancia de todo. Los hombres no suelen recordar esta clase de cosas. Mi madre no llevó un diario, de modo que no sé cómo se sintió al saber que iba a ser madre por primera vez. Ojalá estuviera aquí ahora... Sabría qué decir... M ha sido maravilloso en todo momento; ha conseguido que ahuyentara mis miedos. La expresión de sus ojos es de entusiasmo ante la idea de ser padre. No para de traer a casa pequeñas cosas. Objetos de color rosa... Está claro que quiere que sea una niña. Espero que no se le rompa el corazón si al final es un niño...

Era como retroceder en el tiempo y vivirlo con ella. Cuando Mireille escribía sobre el nuevo racionamiento de la ropa, Valerie se imaginaba su frustración por no tener nada que le sentara bien cuando el embarazo ya estaba muy avanzado.

He tenido que hacerme esas batas para embarazadas sin forma alguna, como las llama mi padre. Parecen colchas confeccionadas con retales: ya sabes lo mal que se me daba la costura en la escuela. Yo no era tan mañosa como tú. Te imagino con un cigarrillo en los labios pintados de rojo mientras improvisas alguna prenda que podría rivalizar con las de Madame Chanel, Clotilde. Yo, en cambio, he hecho dos carpas asimétricas aprovechando algunos vestidos viejos; alterno estas tristes vestimentas día tras día, porque cuando ya no esté embarazada no podré permitirme comprar más ropa. Pero en realidad me las apaño, salvo con los zapatos... Mis tobillos son del tamaño de melones y los únicos que puedo ponerme son un par de zapatillas. No te creerías lo que he engordado a pesar de una dieta tan exigua..., pero ahí lo tienes. Ahora, el bebé es del tamaño de un calabacín. Lamentablemente, M no puede procurarnos ninguno para la cena...

Por la mañana, con los ojos llorosos por la falta de sueño, Valerie se preparó una taza de café muy cargado y leyó la última de las cartas. Lo derramó mientras leía el primer enfrentamiento de su madre con Valter Kroeling. Se levantó rápidamente para coger un paño de cocina con el que secar el papel, donde había una mancha de color ámbar como para resaltar lo sombrío de aquel pasaje.

Estaba en el mercado cuando me topé con Kroeling. Suelo ir al de Montmartre... Lo confieso: voy a ese porque allí nadie sabe quién soy. Hay menos posibilidades de que algún conocido se me acerque y me haga preguntas sobre el bebé... y sobre su padre. Había hecho la compra de la semana; ahora, con el racionamiento, es poca cosa, y casi nada de carne. Comemos nuestro peso en nabos. Entonces, cuando me disponía a irme cargada con la bolsa de cuerda, lo vi al otro lado de la calle... Kroeling. Me empezaron a temblar las piernas y casi me desmayé. Me di la vuelta rápidamente, esperando alejarme de allí corriendo antes de que él me viera, pero ya era demasiado tarde. Antes de que pudiera darme cuenta, aquel canalla estaba delante de mí, dando vueltas a mi alrededor, mirando mi vestido de embarazada con incredulidad con los ojos llenos de odio. «Estás embarazada».

Traté de apartar mi brazo del suyo, pero lo retorcía con fuerza, disfrutando de mi dolor mientras le suplicaba que me soltara. Tenía la misma mirada en su rostro que cuando me atacó... Estaba aterrorizada, pero en esta ocasión, en vez de pegarme, habló. Su rostro mostraba una mezcla de lujuria y pura maldad mientras recorría mi cuerpo con su mirada. «No habéis tardado nada, ¿verdad?». Sus ojos se posaron en mi pecho, que últimamente parece a punto de explotar. «Te sienta bien. Creo que te llevaré a algún sitio para comprobar lo bien que te sienta». Le grité que me soltara y se echó a reír en mi cara. «¿O qué? ¿Llamarás a tu novio, el médico, para que se ocupe de mí?».

Le dije que sí, que Mattaus se aseguraría de que sus superiores se enteraran de que me había estado acosando.

Y entonces fue cuando se echó a reír, señalando un nuevo emblema en su camisa. «¿Superiores? ¿Has visto esto? Significa que ahora soy mayor».

«¿Y qué?».

Los ojos de Kroeling brillaban.

«Significa que, ahora, el querido y viejo Herr Fredericks debe responder ante mí...».

Al oír eso, me puse pálida. Cuando llegué a casa se lo conté a Mattaus, aunque él no estaba preocupado por el ascenso de Kroeling sino solo por mi encuentro con él. Me dijo que, ahora, la imprenta que habían montado en la tienda era más grande, por lo que no tenía ningún sentido volver a instalarla allí. Además, las nuevas obligaciones de Kroeling implicaban que estaba más ocupado verificando cosas, como las fronteras y otros asuntos. Uno de los cuales, odio admitirlo, tiene que ver con los judíos. Nos ha llegado la noticia de que han empezado a agruparlos para llevarlos a campos de concentración. Mi padre me ha dicho que uno de ellos es nuestra antigua profesora de piano, Madame Avril. Cuando me enteré, me eché a llorar. Le supliqué a Mattaus que hiciera algo..., pero ¿qué puede hacer un solo hombre? Es horrible, detestable. Me desprecio por mostrarme tan patéticamente agradecida de que estés a salvo, o al menos espero que lo estés..., cuando sé que ellos no lo están. Odio esta guerra y odio a los nazis... y lo que nos han hecho a todos.

M se puso enfermo cuando se enteró de lo que han hecho. Resulta que su abuelo era judío. Durante la noche oí cómo vomitaba. Sé que sabe más de lo que me cuenta. Me pregunto si se siente tan enfermo porque le preocupa que lo descubran o porque la gente con la que creció es capaz de actos tan monstruosos. Tal vez sea por ambas cosas...

Valerie dejó el mazo de cartas debajo de un montón de papeles que había sobre su escritorio de bistró mientras Dupont aparecía en la librería arrastrando los pies.

Miró al anciano. Había tantas preguntas que deseaba hacerle... Muchas cosas que quería –que necesitaba– comprender. Valerie abrió la boca –con el corazón latiéndole con fuerza– mientras se preparaba para pronunciar las palabras que había estado reprimiendo durante tanto tiempo. El secreto que necesitaba compartir. Se aclaró la garganta y Dupont la miró con el ceño fruncido.

–¿Te has bañado con café? –le preguntó, mirándola con el ceño fruncido y una amago de sonrisa en los labios.

Valerie bajó la vista y se dio cuenta de que había manchas de gotas de café en su blusa blanca. Cuando levantó de nuevo los ojos, el momento había pasado. Lo único que sentía mientras subía las escaleras para cambiarse, sosteniendo las cartas bajo el brazo, era un terrible cansancio.

Capítulo 27

Una semana más tarde, para su sorpresa, Valerie descubrió que tenía algo en común con su madre.

Estaba embarazada. O, al menos, podía estarlo. Consultó su pequeña agenda, en la que escribía cosas como «diez de la mañana, cita con la peluquera», y frunció el ceño mientras hojeaba las últimas semanas hasta la última vez que había marcado una página con una crucecita para señalar el período.

Hundió la cabeza entre las manos. Era demasiado inteligente para haberse equivocado, o eso era lo que creía. Habían usado protección. Salvo que, en fin... puede que no siempre, se dijo con creciente angustia. Pensó en una noche de borrachera, hacía unas semanas: Freddy se había quedado sin condones y ella, ebria, había dicho, despreocupadamente: «¿Qué puede pasar por una vez si no...?».

«¡Oh, Dios! ¡Dios!», pensaba ahora. Aunque el hecho de que ambos se querían la consolaba un poco, no era así como se imaginaba que ocurriría eso..., con ella durmiendo en una cama infantil mientras fingía ser una chica llamada Isabelle Henry y con Freddy viviendo en la peor buhardilla del mundo.

Cuando se levantó, le daba vueltas la cabeza. Corrió hacia el lavabo para vomitar esperando que aquello no fuera el comienzo de las náuseas matutinas.

Más tarde, aquella noche, mientras Dupont estaba haciendo la compra, Valerie se preparó una taza de té y se sentó en la cocina a leer el diario con la intención de volver a dejarlo después en el mismo sitio donde lo había encontrado. Sin embargo, no podía parar de leerlo. De repente, con sus nuevos miedos, significaba aún más para ella. No oyó a Dupont entrando en la cocina... Estaba tan enfrascada en la lectura que dio un brinco cuando él le tocó el hombro. Intentó esconder el cuaderno; su mirada iba de las páginas a Dupont, aunque, por su expresión, Valerie habría dicho que ya se había dado cuenta. El anciano palideció y, momentáneamente, Valerie perdió el uso de la palabra.

–Yo..., lo siento, Monsieur Dupont. Lo encontré entre los libros de recetas...

Se habría pateado a sí misma por haberlo leído en la cocina... Si lo hubiera guardado en su habitación, él nunca se habría enterado.

Dupont contrajo un músculo de la mandíbula. El anciano cogió el cuaderno, que estaba encima de la mesa, y se lo puso debajo del brazo. Sus ojos azules brillaban, furiosos. Valerie bajó la vista, tragando saliva.

–Así que has decidido leerlo..., aunque se trata de algo íntimo.

Valerie cerró los ojos. La vergüenza inflamó sus mejillas.

–Yo... no debería haberlo hecho. Discúlpeme.

Dupont estaba lívido. Abrió la boca, pero volvió a cerrarla. A Valerie le pareció que estaba haciendo un gran esfuerzo por mantener la calma. Teniendo en cuenta que era muy impulsivo, Valerie se sentía aún peor bajo todo el peso de su decepción. Él respiró profundamente y dijo:

–No debería haberlo dejado aquí si hubiera querido evitar que alguien lo leyera.

Entonces se dio media vuelta y salió de la cocina. Valerie vio que encima de la mesa estaba la bolsa de cuerda del supermercado, llena de bolsitas de té, bollos y un bote de mermelada de fresa y crema, y se sintió fatal. Era obvio que se había acordado de ella cuando estaba haciendo la compra, lo que empeoraba aún más las cosas. Últimamente compraba a menudo productos ingleses para ella; era un gesto fuera de lugar tratándose de él, y muy conmovedor. Y ahora se sentía realmente mal por haberlo lastimado.

Lo siguió hasta la sala de estar, donde se había instalado para leer el periódico de la tarde con un cigarrillo entre los labios, frunciendo profundamente el ceño. Se escondía detrás de las páginas, literalmente.

Cuando trató de hablar con él sobre el diario, le dijo que lo dejara en paz.

—Ya está olvidado, no importa.

Su tono de voz era frío; su actitud decía «déjalo estar».

Pero, aun así, Valerie pensaba que él tampoco era capaz de olvidarlo. Al día siguiente hubo tensión entre ambos durante toda la jornada, y ella empezó a preocuparse: si Dupont había reaccionado así solo porque estaba curioseando entre las cosas de su madre, ¿cómo se tomaría la noticia de que ella era la nieta que había mandado al extranjero... y que había vuelto para vivir con él en secreto?

Valerie lanzó un suspiro y salió a caminar. Acabó en casa de Freddy. Tenía mucho que contarle, empezando por que era posible que estuviera embarazada, pero, de momento, se lo guardó para ella. Se lo diría cuando lo supiera con certeza. Decidió contarle lo que había ocurrido con el diario del bebé.

Freddy estaba sentado en el colchón, con la máquina de escribir verde sobre su regazo y la camisa desabrochada.

—¿Un diario sobre tus primeros meses de vida? ¡Guau!

Valerie asintió. ¡Guau!, efectivamente.

—Ha sido... No sé cómo explicarlo; encontrarlo ha sido maravilloso. No es muy extenso... En fin, las entradas son solo breves observaciones, frases dispersas escritas durante varias semanas, pero aquí y allá es un testimonio del amor de una madre, y sabiendo que se trata de mí, yo...

Valerie se mordió el labio y notó que empezaban a caérsele las lágrimas.

—Hace que todo sea tan real... Todo lo que me fue arrebatado, quién me fue arrebatado durante esa guerra. Me habría encantado conocerla.

—¡Oh, mi amor! Lo siento mucho.

Ella asintió, respiró temblorosamente y luego se secó las lágrimas.

—También hace que todo esto merezca la pena, ya sabes, porque en cierto modo he vuelto a encontrarla. Madame Joubert me dio esas cartas que le escribió..., y aunque algunas de ellas son un poco difíciles de digerir y aunque hay una parte de mí que sabe que si nunca hubiera venido podría haberme ahorrado la verdad sobre mis orígenes..., lo cierto es que de no haberlo hecho nunca la habría conocido. Y esto hace que todo tenga sentido.

Aquella misma noche, más tarde, cuando Valerie volvió a casa, encontró a Dupont sentado en la sala de estar, con una botella de licor de un color amarillo pálido ante él. Estaba sentado, hojeando el diario del bebé.

Valerie se mordió el labio al entrar. Dupont levantó la vista y asintió, saludándola.

—Ven, siéntate —dijo—. ¿Te sirvo un vaso de pastís?

—¿Pastís?

–Está hecho con anís. Es de la Provenza. Está muy rico.

Valerie asintió.

–De acuerdo.

Tomó un sorbo del licor e hizo una mueca. Sabía a regaliz.

El diario estaba junto a él, abierto, pero Dupont no lo cogió. Le preguntó a Valerie cómo le había ido la noche y cómo estaba Freddy. Ella se dio cuenta de que el anciano se sentía mal por cómo había reaccionado, aunque no tenía intención de hablarle del cuaderno. Sabía que debería ser ella quien lo hiciera.

–Quería mucho a ese bebé –dijo Valerie, señalando el cuaderno.

Los ojos de Dupont se ensombrecieron. Los cerró de repente y se puso de pie.

–Creo que ya es hora de que me acueste.

–No, espere, Monsieur. Lo siento.

Él cerró los ojos.

–No quiero hablar de esto. Por favor, discúlpame.

–No.

Él se volvió para mirarla. Su rostro arrugado mostraba una expresión de sorpresa. Su pelo, parecido al algodón, había quedado aplastado en el punto donde había apoyado la cabeza en el sofá.

–¿No?

Valerie respiró profundamente para calmarse y también se levantó.

–No. Tenemos que hablar de esto.

Él parpadeó..., quizás porque ella se había atrevido a darle una orden en su propia casa. Estaba a punto de decírselo cuando Valerie levantó una mano. A continuación, ella rebuscó en su bolso y sacó la fotografía de su madre que había metido dentro aquella misma mañana, la que estaba en su maleta y que tenía desde que era una niña. Cuando se la tendió, le temblaban las manos.

El anciano se quedó observándola un rato, confuso. Luego levantó la vista para mirarla y pareció tambalearse.

Ella le cogió del brazo para que no perdiera el equilibrio.

Dupont apoyó una mano en la pared y, en voz baja, preguntó:

—¿De dónde has sacado esto?

Su mirada de ojos azules era fiera. El corazón de Valerie latía con tanta fuerza en sus oídos que temía que él pudiera oírlo.

Valerie tragó saliva, y, con sinceridad, le respondió:

—La he tenido desde siempre, desde que era una niña. Es la única foto que conservo de mi madre.

Tuvo que ayudarlo a sentarse cuando se le doblaron las rodillas.

—Tú-tú eres... Tú eres...

Era como si no se atreviera a decirlo en voz alta.

—Soy Valerie Dupont.

Dupont la miró en estado de *shock*.

—Valerie —dijo él. Y luego lo repitió—. Valerie.

Su rostro se arrugó, y el anciano empezó a sollozar de un modo que le rompió el corazón a Valerie.

Dejó que ella le tocara la espalda mientras se sentaba en un silencio mortificado. Al anciano le temblaban los hombros y las lágrimas no paraban de deslizarse por sus viejas y ajadas mejillas.

Al cabo de un rato, cuando por fin él hubo recuperado la compostura, ella le sirvió otro vaso de pastís sin darse cuenta de que la razón de que no pudiera verlo bien para tendérselo era que las lágrimas también bañaban su rostro.

—¿Cómo es posible? —susurró él al cabo de unos instantes.

Ella se lo explicó todo. Era una larga historia, pero, para su sorpresa, cuando mencionó el anuncio, él se echó a reír, mirándola con los ojos irritados.

–Entonces me mentiste sobre ese trabajo para asegurarte de que te contratara –dijo él, resoplando y sacudiendo la cabeza–. Pues funcionó.

Ella sonrió y asintió. Sus manos temblaban mientras tomaba un sorbo del pastís que ella misma se había servido y que volvió a dejar en seguida sobre la mesa recordando que tal vez no debería beber.

–¿No estás enfadado?

Él la miró sorprendido.

–¿Enfadado contigo?

Otra lágrima brotó de su ojo y su barbilla tembló. Cogió su vaso, aunque no paraba de moverse en sus manos a causa de la emoción.

–Querida, la única que tiene derecho a estar enfadada aquí eres tú.

Entonces, todos los secretos de Valerie salieron a la luz. Todo lo que Madame Joubert le había contado. Todo lo que había conseguido descubrir hasta ese momento. Dupont se indignó al saber que Madame Joubert le había ocultado cosas.

–Cuando la vea... le voy a echar una bronca.

–No, creo que ya ha tenido bastante...

Dupont se limpió la nariz, encendió un cigarrillo y asintió. De repente, su mal humor parecía haberse evaporado.

–En eso puede que tengas razón.

Valerie preparó té y lo sirvió con los bollos que él había comprado y que, contra todo pronóstico, al anciano le parecieron deliciosos. Cuando le estaba dando un segundo mordisco, ella se dio cuenta de que su abuelo estaba llorando otra vez. Se sentó junto a él y le cogió la mano. Para su sorpresa, él se agarró con fuerza a la suya y, a continuación, sacudió la cabeza.

–Soy un anciano, *chérie*, pero hoy me has hecho muy feliz. Nunca me habría imaginado... esto. Que llegaría a conocerte, a descubrir que la joven a la que había llegado a considerar un poco como una hija en realidad eras... tú. Habría pensado que de pronto creía en cuentos de hadas y en las segundas oportunidades, y nunca he sido muy propenso a ninguna de las dos cosas... –le apretó la mano–, hasta ahora.

Capítulo 28

Dupont y Valerie fueron andando hasta las Tullerías y se sentaron en un restaurante con vistas al jardín de invierno.

Aquella mañana, durante el desayuno, se habían sentido un poco incómodos el uno con el otro. Hasta fueron demasiado educados tras las emociones que habían vivido la noche anterior. Sin embargo, poco después de la primera taza de café y de tomar la decisión –la primera vez en décadas– de cerrar la librería Gribouiller un sábado, acordaron salir a pasear y hablar.

Eran muchas las cosas que él quería saber.

–¿Cómo era el lugar donde vivías? ¿Era una casa?

–Sí –respondió ella, asintiendo–. Era una casa adosada en el norte de Londres. La típica vivienda con dos habitaciones arriba y dos abajo.

–¿Qué significa «la típica vivienda»? –preguntó él.

Valerie tuvo que explicarle cómo eran las casas inglesas y lo que suponía vivir en los suburbios.

–*C'est fou* –exclamó. Y añadió–: Continúa.

Entonces le habló de Amélie. Y de su tío John, que había sido como un padre para ella. Le había enseñado a montar en bicicleta y había alentado su afición a la lectura...

Al oír esto, Dupont se mofó y afirmó categóricamente que eso debía llevarlo en la sangre gracias a la librería. Ella admitió que era posible.

Cuando estaban sentados en el restaurante, Valerie abrió el bolso y sacó el viejo ejemplar de *El jardín secreto* que se había llevado consigo de Inglaterra.

Dupont abrió unos ojos como platos cuando le tendió el libro. Acarició con los dedos la gastada G impresa en la guarda. Tocó el volumen, sacudiendo la cabeza y con los ojos ligeramente empañados.

—De Gribouiller —dijo.

A Valerie también se le humedecieron los ojos con esa revelación.

—Lo metí en la maleta... aquel día —dijo Dupont, refiriéndose a cuando Amélie se la había llevado con ella a Inglaterra.

Valerie se quedó mirando fijamente el libro.

—Quería que tuvieras algo suyo, algo que atesorar además de la fotografía.

Ella cerró los ojos, respirando profundamente para tranquilizarse.

—Lo hice. Todo este tiempo. Pero no fue hasta el otro día, cuando estábamos en la tienda y me dijiste que este era su libro favorito, que comprendí que había salido de aquí.

—Le habría hecho muy feliz saber que a ti también te gustaba tanto como a ella.

Cuando el sol empezó a ponerse y regresaban caminando por la orilla del río, él le dijo que, a pesar de sus miedos, tener un bebé fue la mayor alegría de la joven vida de Mireille.

Capítulo 29

Todos sus temores de dar a luz y de cómo reaccionaría la gente en la calle al saber que había tenido un bebé de un oficial alemán se desvanecieron durante las semanas de limbo que siguieron al nacimiento de Valerie. El apartamento se convirtió en un refugio donde solo existían ellos dos.

Mireille y el bebé.

Mattaus estaba allí siempre que podía alejarse de su trabajo en el hospital, y su padre venía a menudo durante el día. Sin embargo, la mayor parte del tiempo estaban solas las dos en su pequeño mundo, que se había vuelto aún más pequeño pero, de algún modo, más valioso.

Mireille llamó a la niña Valerie en homenaje a su madre, que había muerto de neumonía cuando ella tenía tan solo nueve años. Y, aun así, de alguna manera, estampados en su rostro estaban los labios de su madre, sus orejas, su nariz.

Se quedaba mirándola fijamente maravillada durante horas. Los bracitos gordos y las piernas regordetas, los piececitos blandos que cabían perfectamente en las palmas de sus manos, como si fuesen perlas.

Incluso su padre cayó bajo el hechizo de Valerie. La brecha que se había abierto entre Mireille y él desde que había salido de la cárcel y descubierto que Mattaus era algo más que un guardaespaldas, también pareció desvanecerse cuando tomó por primera vez en brazos a su nieta. Cuando la niña pareció sonreír por primera vez, juró que lo había hecho solo para él, aunque Mireille no tuvo el valor de decirle que aún era demasiado pronto y que probablemente solo eran gases.

La vida de Mireille empezó a girar en seguida en torno a una cómoda rutina. Dormía cuando Valerie también lo hacía, y estaba orgullosa de ser capaz de identificar sus distintas formas de llorar: pipí, sed, gases, hambre, cansancio, aburrimiento. El último llanto le costó un tiempo detectarlo, pero cuando se llevó a la niña a una habitación en la que solían pasar menos tiempo y Mireille vio que los ojos de su hija se quedaban mirando fijamente, casi maravillados, el dibujo del papel pintado de la pared y que dejaron de caérsele las lágrimas, supo que había llegado el momento de salir.

Mireille se puso nerviosa cuando sentó a Valerie en el cochechito que Mattaus le trajo una tarde, poco después del nacimiento de la niña. El carrito fue el motivo de una de sus primeras discusiones serias. Era el último modelo, nuevo y flamante. Para cualquiera que lo observara, era evidente qué clase de persona podía permitírselo en aquellos tiempos: alguien que, sin duda, había colaborado con los alemanes más de lo que se consideraba aceptable. A pesar de las protestas de Mireille, Mattaus se había mantenido firme: quería aquel cochecito para su hija. ¿Qué importaba lo que pensara la gente?

—Nada —le espetó ella—. Lo importante es lo que hacen a causa de lo que piensan. He visto a algunas mujeres empujando y pateando a esos niños.

Su voz se quebró al recordar a la mujer que había perdido a su bebé cuando una muchedumbre la había atacado después de las protestas estudiantiles. Aquello era lo que más temía.

–Nunca harían eso delante de mí –dijo él.

Ella lo miró con incredulidad.

–¿Y tienes la seguridad de que estarás ahí en todo momento para evitarlo?

El silencio de Mattaus significaba que ella había metido el dedo en la llaga. Al cabo de un rato, menos acalorado, él dijo:

–¿Por qué la gente tiene que ser tan cruel?

Mireille suspiró. Le dolía lo mucho que lo entendía, cómo una parte de ella aún se retorcía de vergüenza a pesar de saber que Mattaus no era el enemigo, que no era como los demás.

–Para la gente es una especie de insignia... Su integridad es lo único que les queda. La pulen como si fuera una piedra y la lanzan contra otros a voluntad.

Después de aquella discusión, Mattaus no volvió a hablar del asunto con ella. Pero aquella noche, más tarde, cuando él llegó a casa, el flamante cochechito nuevo ya no estaba: había sido sustituido por otro viejo, ligeramente oxidado, fabricado antes de la guerra. Ella le dio un beso en la mejilla, agradecida. El carrito era perfecto.

Pero eso fue unas noches antes.

Mireille no había tenido el valor de utilizar el cochecito hasta ahora.

Respiró profundamente mientras lo empujaba y salía a la calle por la puerta de atrás, con un ligero nudo en la garganta. Estaba esperando..., esperando a que algún conocido pasara por su lado y le escupiera o la insultara. Por mecer el cochecito. Pero, afortunadamente, la calle estaba tranquila, había muy poca gente. Con el nuevo racionamiento que habían impuesto, se dio cuenta de que la mayoría de la gente ahorraba todas las energías que podía.

Lanzó un suspiro de alivio cuando entraron en un parque que flanqueaba el Sena. Durante un rato fue como otra joven madre cualquiera en las calles de París.

Después de ese primer día, se acostumbró a ir a diario al parque. Mireille le enseñaba a Valerie los patos que nadaban en el río. Antes de la guerra, la gente les lanzaba pan duro para alimentarlos. Pero aquellos días habían quedado atrás. Ahora era la gente quien se comía el pan duro.

Sin embargo, mientras empujaba el cochecito, fue capaz de imaginarse por un momento que no estaban en guerra y que ya no debían soportar la ocupación.

Cuando volvían a la librería, las cosas eran muy distintas. A pesar de los esfuerzos de los alemanes por demostrar que su ocupación se desarrollaba como de costumbre y que les iba muy bien en la guerra, la verdad emergía en oscuros y peligrosos susurros. Los aliados eran una amenaza que no podían sofocar.

En secreto, Vincent sintonizaba una vieja radio de transistores para escuchar una emisora ilegal de la resistencia. El hombre que Clotilde había mencionado, Charles de Gaulle, hablaba de un reciente levantamiento. Les habían dicho que siguieran adelante, que siguieran resistiendo. «Nuestro momento está a punto de llegar», prometió.

A Mattaus no le gustó saber que escuchaban la radio. Le preocupaba que, si alguno de los vecinos los denunciaba, pudieran pagarlo con sus vidas.

La advertencia enfureció a Vincent. Para él, eso demostraba tajantemente que en el fondo de su alma aquel hombre era un nazi.

—Es la única protección que tenemos..., la ilusión de que soy quien digo ser —intentó explicar Mattaus—. Cualquier otra cosa significa que todo esto se vendrá abajo como un castillo de naipes.

Vincent resopló.

—¿Estás seguro de que se trata solo de una ilusión?

Capítulo 30

El levantamiento de los estudiantes que se habían manifestado contra los alemanes fue noticia de primera plana en todo el mundo. Poco después de que los líderes de la marcha fueran detenidos, comenzaron los rumores. Mattaus llegó a casa con una mueca sombría en los labios.

–Se habla de un castigo ejemplar.

Mireille levantó la vista mientras limpiaba de saliva la boca del bebé.

–¿Quieres decir que los mandarán a la cárcel?

–De momento.

Ella frunció el ceño.

–¿No los matarán por una marcha de protesta, verdad?

Mattaus la miró con incredulidad.

–Todos los días fusilan a gente por mucho menos.

Era cierto. Los tiempos se habían vuelto aún más difíciles. Y con el invierno avanzando rápidamente y el primer cumpleaños de Valerie en primavera, el ambiente en las calles de París era cada vez más sombrío. Al parecer, los alemanes habían dejado de fingir que jugaban limpio.

A principios del año siguiente, los cinco estudiantes que habían liderado la protesta fueron fusilados; fue una ejecución en toda regla. Aquella noche, cuando Vincent sintonizó la radio, Mireille se coló en su habitación.

–A él no le va a gustar –le advirtió su padre.

Pero ella se encogió de hombros.

—Necesito saber qué están planeando... —Acunó a Valerie contra su pecho; finalmente se había quedado dormida—. Necesito saber que hay un futuro para mi hija, un final de esta guerra sin fin.

Lo único que había mejorado durante el año anterior, como había predicho Mattaus, era que Valter Kroeling aparecía con mucha menos frecuencia por la tienda. Con su nuevo ascenso apenas tenía la oportunidad de pasarse por la librería. Un hombre de rostro adusto con un fino bigote canoso era quien inspeccionaba ahora las existencias y los pedidos para asegurarse de que no estaban vendiendo o distribuyendo cualquier libro o material prohibido. Henrik Winkler hacía su tarea con eficacia y se iba con la misma prontitud.

Tras el levantamiento de los estudiantes, la resistencia había crecido, y una de las mujeres de la antigua red de Clotilde, Thérèse Castelle, empezó a contactar de nuevo con Mireille al enterarse de que Valter Kroeling ya no estaba en la librería con la misma asiduidad que antes. Mireille intuyó que aquella mujer, con su pelo de color ratón y su bufanda roja, que se dejaba caer en la tienda con regularidad, intentaba descubrir dónde estaban sus lealtades: con su amante alemán —nadie había sido informado sobre su matrimonio, que habría sido mal visto tanto por los franceses como por las autoridades alemanas— o con su gente.

Mireille sospechó que Clotilde les había contado lo que ella había hecho. Un día, Thérèse le pasó una nota, y cuando la abrió, leyó: «Averigua si es verdad. ¿Va a venir de visita el Fanático? Si es así, ¿cuándo? Necesitamos prepararnos».

Mireille quemó la nota, con el corazón martilleándole en el pecho. Sabía que el Fanático era el Führer, Hitler en persona. Una vez vino a París, durante los primeros días de la ocupación, para desfilar en una marcha de los vencedores por las calles de París. Muchos habrían querido conocer el recorrido para preparar un atentado. Pero en aquella ocasión se mantuvo en secreto. Sin embargo, ahora, si iba a volver...

Mireille no sabía cómo aquella mujer pensaba que podía descubrir algo así. Sin embargo, unos días después, la mujer volvió y le dejó otra nota, y lo entendió. «K está supervisando el evento. Si dice algo, háganoslo saber».

Se dio cuenta de que aquella era una de las nuevas obligaciones de Kroeling. Pensó que tenía sentido: el oficial estaba en lo más alto de la maquinaria de propaganda nazi; sin duda debía saber cuándo Hitler tenía planeado ir a cubrir el acto para su revista.

Eso significaba que tendría que asegurarse de que Kroeling viniera a la tienda personalmente en lugar de Henrik Winkler. Para conseguirlo, debería atraerlo.

Se presentó una semana después. Sus ojos llorosos estaban encendidos.

—¿Dónde está la mesa, Mademoiselle?

—¿Qué mesa? —preguntó ella, fingiendo inocencia.

Un músculo de la mejilla de Kroeling se contrajo.

—Esa en la que exponemos nuestros comunicados, como sabes muy bien. Nuestro acuerdo fue que se quedaría aquí en la tienda. Es la única razón por la que se os ha permitido conservar este... negocio —dijo, echando un vistazo a los estantes medio vacíos.

Vincent hizo ademán de levantarse de su silla, pero Mireille sacudió la cabeza y él volvió a sentarse. Estaba acunando a Valerie en su regazo.

La mirada de Kroeling se posó en el bebé y resopló.

—Mira con qué ternura acuna a esa mocosa alemana. Deberíamos sacar una fotografía y enseñársela al Führer. El éxito de la ocupación: alemanes y franceses viviendo pacífica y felizmente juntos... El amanecer de una nueva generación...

El rostro de Vincent se puso rojo de ira. Pero Mireille aprovechó la oportunidad.

–¿Alguien de su rango tiene ocasión de hablar alguna vez con él? Nunca lo hubiera pensado –insinuó.

Como Mireille esperaba, Kroeling se enfadó.

–Sí, por supuesto que lo hago. Soy clave para toda la ocupación. A él le interesa mucho lo que pienso sobre ella.

–Sin embargo, seguro que estará muy ocupado y no prestará demasiada atención a lo que ocurre aquí. Debería pensar en los combates que tienen lugar en otra parte...

Kroeling se rio, levantando una mano para quitarle importancia.

–La guerra ha terminado... La hemos ganado nosotros. Ahora, él centra sus esfuerzos en la felicidad de su gente. Sobre todo en la de las personas que ahora están a sus órdenes. París es la joya de su imperio; le interesa mucho la ciudad, por supuesto. Por eso motivo la visitará la semana que viene...

–¿De veras?

–Sí. Habrá un desfile de la victoria por las calles de París. Naturalmente, como hizo Napoleón, empezará en el Arco de Triunfo.

–Naturalmente –repitió Mireille.

Dos días después, cuando vino Thérèse, Mireille colocó la nota en una novela de Alejandro Dumas y le dio el libro.

–Aquí tiene la novela que encargó.

En su interior había escrito: «La próxima semana, Arco de Triunfo».

El mensaje de advertencia llegó al día siguiente; lo mandaba el propietario de la panadería que había a la vuelta de la esquina: «No te fíes de la antigua red».

A Mireille se le secó la garganta. Pensó en la entrega de la nota. La mujer de la bufanda roja. ¿Qué había hecho?

Vinieron a por Mireille el día del primer cumpleaños de Valerie. Lo habían pasado en el parque, en su rincón favorito, cerca de los patos. Fue una celebración sencilla. Mireille había preparado una tarta con el azúcar que había dejado de añadir al té durante una semana; incluso llevaba un poco de glaseado rosa. Solo estaban los cuatro. Extendieron una manta de pícnic y durante un rato, bajo el sol de principios de primavera, Mireille fue capaz de convencerse de que no tenía nada que temer. Hasta que oyeron los pasos de las botas marchando en su dirección. Levantó la vista y vio a varios oficiales con camisa marrón acercándose a ellos. De repente, el miedo le heló el corazón. A la cabeza iba Valter Kroeling, que se dirigía hacia ella. Sus llorosos ojos azules se iluminaron como si hubiera una llama dentro de él. A su lado estaba la mujer de la bufanda roja; a la que le había pasado la nota informando de cuándo llegaba Hitler y de dónde estaría. Mireille palideció y lo comprendió al instante. Estrechó a Valerie con más fuerza que de costumbre y la niña se echó a llorar.

—¿Qué significa esto? —preguntó Mattaus, poniéndose en pie.

Kroeling se volvió hacia él con el ceño fruncido.

—Debería ser yo quien le hiciera esa pregunta, Herr Fredericks.

El oficial se volvió hacia la mujer que estaba a su izquierda, a quien le costaba mirar a los ojos a Mireille.

—¿Está segura de que esta es la mujer? —le preguntó Kroeling. La mujer de la bufanda roja no dijo nada. El oficial, gritando, añadió—: Thérèse Castelle, ¿puedo recordarte lo que está en juego si no respondes?

La mujer levantó la barbilla. Las lágrimas corrían por su rostro mientras señalaba a Mireille.

—Sí. Fue ella.

Valter Kroeling asintió, frunciendo los labios. Se metió la mano en el bolsillo y sacó un pedazo de papel doblado. Le entregó la nota a Henrik Winkler, que la estuvo observando un momento. Luego asintió.

—Arco de Triunfo, *oui*. Exactamente como fue planeado...

Acto seguido, Valter Kroeling le dedicó una sonrisa reticente a Mireille, aunque podía ver el júbilo que se ocultaba detrás de ella.

—Mireille Dupont, me temo que nuestros encuentros han llegado a su fin. Se te acusa de traición al Führer en persona y de haber pasado mensajes sobre dónde iba a estar... Una información falsa, por supuesto —dijo Kroeling, permitiéndose una tímida sonrisa—. El Führer no tiene intención de volver a París cuando hay otros territorios que conquistar; en eso tenías toda la razón. Pero aun así, mordiste el anzuelo, y por eso me temo que la sentencia es la condena a muerte.

—¡Esto es indignante! —exclamó Mattaus—. ¿De qué está hablando? ¿Traición a Hitler en persona? Esta no es más que otra de sus demenciales estratagemas... No permitiré que se salga con la suya.

Valter Kroeling soltó una risita. Mireille se dio cuenta de que había estado esperando aquel momento durante mucho tiempo, y ahora que por fin había llegado, lo estaba disfrutando.

—Soy un hombre paciente, Herr Fredericks, y le hemos dado a su esposa el mayor margen de libertad posible. Sin embargo, cuando nos llegó la información de que en realidad estaba pasando mensajes —su mano revoloteó hacia Thérèse Castelle mientras soltaba un leve resoplido burlón—, tuvimos que prestar más atención. Al parecer, esto lleva ocurriendo algún tiempo ante sus propias narices.

Kroeling agitó la nota escrita por Mireille.

–¿Esta es su letra, verdad?

Cuando Mattaus no respondió, Kroeling lanzó un suspiro.

–Me temo que da igual. Es un caso muy claro.

El aire abandonó los pulmones de Mireille.

Kroeling chasqueó los dedos y uno de sus hombres se adelantó para coger a Mireille, arrancándole el bebé de los brazos. Valerie empezó a aullar, como si de algún modo supiera que aquella sería la última vez que vería a su madre, que jamás volvería a sentir el contacto de su abrazo.

El bebé fue entregado a Dupont, que corrió para cogerlo.

–No puede hacer esto –dijo.

Kroeling lo miró. Disfrutaba haciendo daño al hombre que en una ocasión se había atrevido a golpearlo.

–Ya está hecho –dijo. Luego miró a Mattaus y añadió–: ¡Ay!, no me gusta ver cómo se separan dos personas que están tan enamoradas, de modo que usted también será detenido, Herr Fredericks, ya que es responsable de los actos de su esposa y se le considera su cómplice. Hemos conseguido esto –añadió, rebuscando en el bolsillo de su chaqueta, del que sacó otro trozo de papel doblado–. Es la confesión del sacerdote que les casó. Al parecer, ocultó esa información a sus superiores. Teniendo en cuenta que ha mantenido en secreto su matrimonio, no sabemos qué más estará ocultando. Su sentencia es, por supuesto... muerte por fusilamiento. Con un poco de suerte, puedo hacer que sean ajusticiados juntos.

Los ojos de Mattaus brillaron con furia y miedo.

–Usted no se llevará ni a mi esposa ni a mí a ninguna parte.

–Acéptelo, Fredericks. Se acabó.

Otro hombre se adelantó para coger a Mattaus. Hubo un forcejeo. El soldado cayó al suelo cuando Mattaus le propinó un codazo en la nariz. Valter Kroeling sacó su pistola, pero Mattaus ya se había apoderado del arma del soldado abatido y se oyó un disparo. Kroeling se dobló hacia adelante, gritando y llevándose las manos a la herida que sangraba en un costado. Su rostro paledeció. A continuación, sonaron otros dos disparos. Como si todo se desarrollara a cámara lenta, Dupont vio cómo Mireille se desplomaba, deslizándose hasta el suelo muy lentamente. Antes de caer, permaneció de rodillas, intentando alcanzar a su hija con los brazos. Mattaus parpadeó mientras miraba fijamente a su esposa. Gritó su nombre, pero no emitió sonido alguno. Levantó una mano para llevársela al corazón, que había empezado a estallar de dolor y, cuando se tocó el pecho, notó el cálido flujo de la sangre. Cuando alzó la vista, vio la pistola aún humeante en la mano sin vida de Kroeling.

Mattaus se tambaleó hacia Mireille, le tocó la mejilla y se tumbó junto a ella. Lo último que vio antes de morir fue su rostro.

Capítulo 31

—La traicionaron –dijo Valerie al final del relato.

Estaban sentados en un banco, en la Rue des Oiseaux. Valerie se había dejado caer en él cuando Dupont comenzó a hablarle del día en que murieron sus padres. Hubo un momento en que ella no deseaba seguir escuchando, quería que parara. Sin embargo, una parte de ella necesitaba saber, necesitaba comprender qué había ocurrido.

–Ella murió por nada –dijo Valerie, mirando fijamente al suelo–. Lo arriesgó todo... y fue solo una trampa.

Quería enfurecerse, gritar. Encontrar los restos de Valter Kroeling y destrozarlos.

Dupont le cogió mano y se la apretó.

–No, no murió por nada. La engañaron, sí, pero si hubiera sido verdad, podría haber cambiado el destino de la guerra. Cuando aprovechamos una oportunidad, cuando decidimos hacer lo correcto, no sabemos si funcionará o no; solo tenemos que dar el salto, hacer lo que se nos pide. Ella fue valiente, y eso nunca se lo podrá negar nadie. Al final, fue así como ganamos la guerra. Aprovechando esas oportunidades. Como hizo tu padre cuando salvó a Clotilde. Podría haber sido ajusticiado si lo hubieran descubierto.

Valerie asintió y se secó las lágrimas de los ojos. Supuso que él había estado pensando sobre eso durante mucho tiempo.

También era consciente de que a su madre le hubiera gustado saber que, tantos años después de la muerte de su marido, su padre pensaba que Mattaus era un hombre valiente y bueno... Al final, al menos, su deseo se había hecho realidad.

Caminaron juntos en dirección a la librería, de vuelta a casa.

Capítulo 32

—¿**E**stás embarazada?

Valerie asintió. Estaba sentada frente a Freddy en el Café De Bonne Chance.

Sonaba música *jazz*. En un rincón, una hermosa mujer de largos cabellos castaños se estaba riendo.

—¿Estás segura?

—Creo que sí... Tengo mucho retraso.

Freddy la miró fijamente, con sus ojos castaños muy abiertos. Jugueteó con los dedos con el pelo de la nuca.

—Mierda.

Ella emitió un ruido sordo. No era así como se lo había imaginado. Cerró los ojos. En otro tiempo había sido una chica inteligente, antes de escapar a París fingiendo ser Isabelle Henry.

—Eso es genial. Gracias, Freddy.

Él se echó a reír.

—Val.

Ella se cruzó de brazos.

—Mira, yo tampoco estoy exactamente entusiasmada, pero... —Freddy seguía sonriendo, así que ella le espetó—: ¿Qué?

—Bueno, yo... —Él se movió en su asiento—. Hoy vi esto en la casa de empeños que hay a la vuelta de la esquina. En fin, no es ostentoso ni nada por el estilo, pero lo he comprado porque... No sé, me parecía adecuado... Hubiera preferido esperar un poco, hasta tener un apartamento... y antes de que tú me dijeras esto.

—¿De qué estás hablando? —le preguntó Valerie, que en realidad no había estado prestando atención después de que el exclamara «mierda» al enterarse de que estaba embarazada. Aun cuando debía admitir que el momento era un poco una mierda, en fin... Un bebé, bueno, podría ser...

—¿Val?

Ella levantó los ojos y parpadeó. Era un anillo. El destello de algo que brillaba.

—Quiero decir que conseguiré uno mejor cuando gane algo de dinero, pero..., ¿quieres casarte conmigo?

—¡Oh, Dios, Freddy! —exclamó ella, y luego se echó a llorar.

Puede que aquella fuera la peor propuesta de matrimonio del mundo, aunque al mismo tiempo era uno de los momentos más románticos de su vida, solo superado por el día que le había dicho que la amaba.

Esa noche, más tarde, cuando llegó a casa, encontró a Madame Joubert sentada arriba con Dupont. Cuando entró, la conversación se interrumpió. Valerie se sentó al lado de la mujer y dijo:

—Bueno, supongo que ahora todos lo sabemos ya.

—Sí —respondió Madame Joubert sacudiendo la cabeza y con los ojos como platos—. ¿Quieres que te sirva un poco de vino?

Valerie hinchó las mejillas y luego negó con la cabeza.

—No puedo beber..., no durante los próximos nueve meses, me temo.

Ambos se quedaron boquiabiertos. Madame Joubert jadeó.

–¿Estás...?

Valerie asintió.

–Embarazada. Sí. Y también comprometida –añadió, levantando la mano.

Madame Joubert gritó de emoción y luego estrechó a Valerie en un fuerte abrazo. Ambas se pusieron a hablar con entusiasmo de bodas y flores. Valerie le dijo lo molesto que estaba Freddy por no haberle pedido que se casara con él antes, porque ahora todo el mundo pensaría que lo hacían solo porque estaba embarazada. Sin embargo, lo que realmente preocupaba a Valerie era la buhardilla.

–De momento no podemos permitirnos nada más. En París, los alquileres no son baratos, y Freddy solo trabaja por libre. Ojalá consiga pronto un puesto fijo.

–¿Aquí o en Inglaterra? –le preguntó Madame Joubert.

–No estoy segura. Aquí, espero. O tal vez Inglaterra; supongo que tendría más sentido, no lo sé... Aún no lo hemos decidido.

Al cabo de un rato, Dupont se levantó. Aunque la expresión de su rostro parecía de abatimiento, dijo:

–Te deseo todo lo mejor, de verdad. Son buenas noticias.

Valerie lo vio salir y arrastrar pies por el pasillo hacia su dormitorio con el ceño fruncido y los hombros aún más encorvados que de costumbre. Se volvió hacia Madame Joubert y le preguntó:

–¿Está bien?

–Sí. Estoy segura de que solo se debe a que ha tenido que asimilar muchas cosas.

Valerie asintió. Sí, eso tenía sentido. Pero no podía entender por qué de repente parecía estar triste cuando poco antes estaba tan feliz.

—¿Qué pasó cuando volvió de España? ¿Como acabó viviendo otra vez aquí? —le preguntó Valerie a Madame Joubert esa noche.

Era una pregunta cuya respuesta se moría por conocer: la historia de Clotilde, cómo había regresado a París después de la guerra.

Madame Joubert tomó un sorbo de vino y Valerie fue transportada al pasado.

Clotilde había estado viviendo en un pueblecito de las montañas españolas durante tres años, junto con otros refugiados. Estaba a salvo; era libre, pero también era desdichada. Echaba de menos París. Sus calles, la suave ondulación del Sena, la forma en que la luz pasaba del color dorado al rosa al reflejarse en los edificios por la tarde. Aquel era su hogar. Sin embargo, lo que más añoraba era un lugar que ya no existía.

Finalmente le llegó la noticia de la muerte de Mireille a través de un viejo amigo, un relojero homosexual llamado Michel Biomme que el año anterior había cruzado la frontera de los Alpes con lo puesto. Cuando se reencontraron, ella vio inmediatamente en sus ojos que las noticias de París eran malas. Ella y Mireille habían sido amigas desde que eran niñas, y cuando Clotilde se enteró de su muerte, tuvo la sensación de que no podía respirar. Era demasiado cruel que las dos personas que se habían sacrificado tanto por su propia seguridad se hubieran ido mientras que ella seguía con vida.

A medida que iban pasando los días, pensaba en las otras cosas que Michel le había contado.

Que había una niña que se llamaba Valerie. Y que Monsieur Dupont se había quedado solo y cuidaba de ella. Él, que había sido para ella lo más parecido a un padre que había tenido. Tenía que volver a París por ellos.

–Yo nunca volvería. Jamás después de lo que ha ocurrido –dijo Jean, una mujer judía y mayor que ella que se había pasado ocho meses en un campo de trabajo antes de huir y acabar en aquel pueblecito español, Hela, que estaba en el campo. Jean y otros lo llamaban «Hell», infierno, a causa de los escasos recursos y la incapacidad del gobierno para ayudarlos cuando había tantos otros que viajaban en el mismo barco.

–París no tiene la culpa de lo que nos ha sucedido –dijo Clotilde.

–No seas ingenua –le respondió Jean–. Fue mi vecino quien les dijo que nos habíamos escondido en la buhardilla. Mi vecino, Clotilde, un hombre al que conocía desde hacía veinte años. Yo cuidaba de sus hijos cuando estaban enfermos. Cocinaba para ellos, les compraba regalos por Navidad..., por Navidad –recalcó. Era una festividad que ella no celebraba–. Y aun así, al final, ese hombre decidió que prefería ganar dinero fácil con los alemanes antes que protegernos a nosotros. No volvería allí aunque me pagaran por ello.

Había muchos otros que pensaban lo mismo: se sentían traicionados por su propia gente. Algunos, como Clotilde, eran más filosóficos. Eran otros que, como ella, habían conseguido escapar gracias a la indulgencia y la ayuda del enemigo.

–En la guerra, la gente demuestra quién es en realidad –dijo Jean.

Clotilde pensó que eso era cierto. A veces, como en el caso de Mattaus, emerge la mejor parte de una persona; otras, solo la voluntad de sobrevivir, de alimentar a la familia, no importa el precio que deban pagar los demás.

Clotilde no podía pensar en eso. No en aquel momento.

El viaje de regreso duró dos semanas. Esperó hasta estar segura de que la guerra había terminado de verdad antes de preparar la pequeña bolsa con la que había llegado y cruzar la frontera.

Las calles de París estaban llenas de gente. Había soldados aliados por todas partes; las sonrisas iluminaban el ambiente. El nombre de Charles de Gaulle se pronunciaba a menudo y con reverencia. Se respiraba una sensación de triunfo, de alegría: finalmente, todo había terminado.

Clotilde se detuvo ante la librería. El cristal del escaparate estaba sucio y las letras de color dorado se veían apagadas. Estaba cerrada, cuando nunca lo había estado en sábado desde que era capaz de recordar. Tocó el timbre. Pasó un rato antes de que escuchara unos pasos y Dupont apareciera en la puerta.

Cuando la vio, Vincent abrió unos ojos como platos. Luego apoyó la cabeza en los anchos hombros de Clotilde y la estrechó entre sus brazos como a una hija. Cuando se soltaron, se dieron cuenta de los estragos que la guerra había dejado a sus espaldas. Dupont había envejecido dramáticamente: su pelo se había vuelto blanco y sus hombros empezaban a encorvarse. Aunque apenas tenía cincuenta y cinco años, su aspecto era el de un anciano. Sus ojos parecían afligidos, con la mirada perdida.

—No era necesario que volvieras —le dijo él.

—Sí lo era.

Clotilde no quería escuchar los rumores sobre lo que estaba ocurriendo en las calles. No significaba nada, insistió ella. Sin embargo, Dupont se mantuvo firme.

—Lo llaman «purga», Clotilde. Lisette Minoutte recibió un disparo solo por ayudar a dar a luz a una mujer que se había acostado con una alemán. Era una comadrona experta ¡por Dios!, y era su vecina. ¿Qué les van a hacer a sus hijos?

Algunos de esos niños ya estaban siendo rechazados por sus familias. Dupont había oído hablar de un chico al que habían golpeado tanto que hubo que llevarlo al hospital. Eso no era lo que quería para Valerie.

Clotilde llegó demasiado tarde. El día anterior, Amélie había pasado a recoger a la niña.

Tuvieron que actuar en secreto, porque los franceses estaban haciendo listas con los nombres de todos los colaboradores, y nadie estaba seguro de que esos niños no terminaran en ellas para ser enviados a algún lugar lejano.

Dupont le había hecho prometer a Amélie que no le diría adónde se mudaba para que no pudiera seguirla.

Madame Joubert miró a Valerie.

—Me quedé devastada. Si hubiera llegado antes, tal vez podría haberte criado yo misma, fingiendo que eras mi hija. Pero era demasiado tarde, y no sabíamos qué hacer. Nos convencimos de que con Amélie tendrías una buena vida. Era lo único a lo que podíamos aferrarnos. Espero que puedas perdonarme.

Valerie le cogió la mano. Se mordió el labio y se le saltaron las lágrimas cuando lo comprendió.

—Volvió por mí.

Madame Joubert asintió.

Capítulo 33

El gato de la librería estaba acurrucado en el escritorio y Valerie se sentó para equilibrar su peso. Estaba incómoda; daba igual cómo se sentará. Empezaba a notársele el embarazo y sus pies eran como dos bocadillos de jamón dentro de sus poco favorecedoras sandalias de hombre. Pero, aun así, no estaba dispuesta a dejar que Dupont se saliera con la suya con respecto a su último exabrupto.

–¿Me estás tomando el pelo? No puedes echar a alguien de la librería solo porque no le gusta *Historia de dos ciudades*.

–Sí puedo.

–No, no puedes.

La voz de Freddy los interrumpió:

–Me pareció sentimentaloide. Lo siento, Monsieur.

Valerie habría dicho que él estaba disfrutando con esto. En el fondo, le preocupaba que acabaran matándose el uno al otro... ahora que Freddy se había trasladado.

Al final, tras dos semanas de un silencio taciturno y malhumorado de Dupont al enterarse de que Valerie estaba embarazada y que iba a casarse con Freddy, Madame Joubert ya tuvo bastante. Fue ella quien le sugirió a Dupont que les ofreciera a Valerie y Freddy vivir en el apartamento con él. Valerie miró a Madame Joubert y, tartamudeando, dijo:

—Madame Joubert... Creo que Monsieur Dupont no querría tenernos aquí, molestándolo...

Su abuelo la miraba fijamente con una extraña expresión en el rostro.

—¿No quieres vivir con él? —le preguntó Madame Joubert—. ¿No te gusta trabajar aquí, estar en París?

Le dio una calada a su cigarrillo, con los ojos marcados con lápiz muy abiertos y mirada inquisitiva.

—Por supuesto que sí, me encanta vivir aquí. Pero aun así es mucho pedir y no quiero ser una carga.

—¡Bah! —explotó Dupont.

Todos se volvieron para mirarlo.

—¿Qué carga? Hay sitio y me gusta trabajar contigo. Además, no soporto la idea de que estés en esa buhardilla de Montmartre con mi bisnieto...

Dupont se estremeció y luego, poco a poco, empezó a sonreír.

—¿En serio? —respondió ella, con unos ojos como platos y la esperanza inundando su pecho ante aquella posibilidad.

Todo lo que había dicho era verdad. Era cierto que le encantaba vivir en París, y no estaba lista para regresar a Inglaterra... Al menos, no en aquel momento.

Dupont miró a Valerie y luego a Madame Joubert. Había algo en la expresión de su rostro que su nieta no reconoció de entrada. Pero finalmente supo qué era. Gratitud. «Por eso había estado de tan mal humor durante aquellas últimas semanas», pensó, y la conmovió más de lo que era capaz de soportar. El anciano pensaba que ella se iría.

Valerie se levantó y abrazó a su abuelo. Luego, susurrando, dijo:

—Puede que haya llegado el momento de que ambos empecemos a creer en las segundas oportunidades y en los finales felices.

Había lágrimas en los ojos de Dupont mientras asentía. A continuación, él le dio un beso en la frente y pasó un buen rato antes de que decidiera soltarla.

Capítulo 34

El color de la noche había cambiado del rosa y el dorado al azul más profundo y al negro ahumado. A través de la ventana podían ver las estrellas mientras por el altavoz anunciaron que la próxima parada era París.

Annie se habría sorprendido al ver que tenía marcas de rímel en toda la cara a causa de las lágrimas.

La anciana que se sentaba a su lado hacía mucho tiempo que había dejado de ser una desconocida para convertirse en una amiga a medida que Valerie Lea-Sparrow iba compartiendo su historia.

Annie se levantó para bajar la maleta azul cobalto que Valerie había colocado en el portaequipajes hacía tan solo unas horas. Se quedó mirando a la anciana mientras la abría para mostrarle las cosas de las que le había hablado. El viejo ejemplar de la novela, *El jardín secreto*, con la G descolorida estampada en la guarda, que ahora tenía más de setenta años de antigüedad. Una foto de Freddy, apuesto y juvenil, con el pelo alborotado, una sonrisa descarada, una máquina de escribir en su regazo y un cigarrillo entre los labios. Incluso había una fotografía de Dupont en su desordenado escritorio, con un niño de pelo revuelto sentado en su regazo.

−¿Qué pasó después? −preguntó Annie.

Necesitaba saber cómo terminaba la historia.

Valerie miró la última fotografía con ternura y dijo:

—Mi abuelo y yo nos ocupamos juntos de la librería Gribouiller hasta su muerte, en el ochenta y cuatro. Freddy y yo vivíamos en el apartamento y criamos a nuestros dos hijos: un niño al que llamamos Vincent, y una niña, Mireille, en homenaje a mi madre. Regresamos a Inglaterra cuando Freddy consiguió un trabajo como productor en la BBC, pero conservamos el apartamento. Aún lo tengo. Freddy murió hace cuatro años. Una infección en los pulmones se lo llevó en tan poco tiempo que apenas pude prepararme. —Había lágrimas en los ojos de Valerie, y también en los de Annie—. Pero fue rápido. No sufrió, lo que supongo que al final fue una bendición.

Cuando el tren se detuvo en la estación, la anciana se puso de pie, se envolvió en un chal de cachemira y, con la ayuda de Annie, salió de la estación. Contempló su reflejo en el cristal y, por un momento, vio a una joven de pelo rubio y largo y una maleta maltrecha a sus pies. Alzó la barbilla y recordó lo que se había dicho entonces: valor. Era todo cuanto necesitaba ahora.

Dos semanas después...

Estaba encajada entre un bistró y una floristería, una exigua tienda en la Rue des Oiseaux, la calle de los pájaros. Vio las letras doradas desvaídas y giró el viejo pomo de latón. Sonó la campanilla de la librería y Annie entró. Sus ojos se maravillaron al ver los estantes repletos, las pilas de libros de bolsillo en el suelo, el enorme escritorio desordenado en un rincón con un gato blanco y negro. Sintió una mezcla de emoción y nervios. No podía creer que de verdad estuviera allí. Se preguntó si su madre estaría orgullosa por haber hecho finalmente algo que siempre había dicho que le gustaría hacer algún día.

Un rayo de luz penetraba por la puerta abierta, iluminando a la anciana sentada detrás del escritorio. Tenía un cigarrillo apagado entre los labios. Cuando la campana tintineó, levantó los ojos con una sonrisa. La clase de sonrisa que convertía a extraños en amigos. Frunció el ceño y luego dijo:

—¿Annie?

—Hola —respondió Annie con una sonrisa nerviosa mientras daba un paso al frente y le tendía una hoja de papel a la anciana.

Aquella mañana, cuando había leído el anuncio en *Le Monde*, había pensado que era una señal. Como cuando había decidió que quizás, como cierta mujer a la que había conocido, armarse de valor y un nuevo comienzo en París era lo que le hacía falta. Se mordió el labio y continuó—: He venido por el puesto que he visto anunciado... de librera.

Valerie la miró fijamente un rato; luego se levantó y soltó una risa baja y ronca.

—Llámame loca o vieja, pero lo presentí —dijo, sacudiendo su la cabeza. Sus ojos brillaron cuando le enseñó las escaleras a Annie—. El trabajo no está muy bien pagado, pero incluye una habitación con tetera.

Nota de la autora

Esta historia está inspirada en un artículo que leí en *The Independent* titulado «Francia reconoce por fin a los hijos de la guerra».

En Francia, durante la ocupación, nacieron 200.000 niños hijos de soldados alemanes. Cuando terminó la Segunda Guerra Mundial, las mujeres que habían tenido relaciones con ellos fueron consideradas «colaboradoras». Las enviaron a la cárcel; algunas de ellas fueron ajusticiadas y otras humilladas, siendo obligadas a desfilar por las calles de París con la cabeza rapada ante multitudes enfurecidas. La consecuencia de ser hijo de esas mujeres y de un padre alemán fue que, a pesar de no ser culpable de nada, algunos de aquellos niños fueron estigmatizados, ridiculizados y condenados al ostracismo. Tanto es así que muchos de ellos, cuando pudieron, huyeron en busca de sus familiares alemanes y algunos de ellos fueron acogidos.

Sin embargo, la de la ocupación fue una historia de supervivencia. Efectivamente, la ciudad de París fue abandonada a su suerte por el gobierno, y las mujeres tuvieron que defenderse solas; algunas fueron violadas y torturadas, y muchas otras lograron oponer resistencia. Y sí, algunas se enamoraron. Hubo otras que se acostaron con soldados alemanes para mejorar su situación y la de sus hijos. Durante todo ese tiempo intentaron lidiar con una situación muy injusta y sobrevivir.

Mi intención no era escribir una historia de amor entre un oficial alemán y una mujer francesa. Pero después apareció Mattaus y me puse a imaginar qué pasaría si un oficial como él empezara a cuestionarse las prácticas de su gobierno y sus implicaciones.

Sin embargo, la trama principal nació a partir de esta pregunta: ¿qué haría un progenitor o un abuelo sabiendo que podría ahorrarle a un niño el sufrimiento de ser ridiculizado y condenado al ostracismo por algo que escapaba a su control?

Debo decir, no obstante, que los alemanes no fueron los únicos que procrearon en territorio enemigo. En realidad, se cree que durante la Segunda Guerra Mundial nacieron un cuarto de millón de bebés de militares aliados y mujeres alemanas, y muchos de ellos nunca supieron quiénes fueron sus padres y fueron estigmatizados por su propia comunidad... En ambos bandos este aún continúa siendo un asunto del que resulta difícil hablar. Es un hecho que, como dice Valerie al principio de la novela, «lo que muchos aún no han entendido, después de declarar tantas guerras, es que al final no hay vencedores de verdad... Solo hay víctimas, y lo siguen siendo hasta mucho tiempo después de que el conflicto haya terminado». Una gran verdad para los hijos de las guerras con cicatrices psicológicas.

Con fines narrativos, algunos de los acontecimientos y la cronología han sido ligeramente modificados, como el uso obligatorio de la estrella de David, que se impuso un poco más tarde. Además, el rango militar de un médico, que técnicamente sería un capitán de la Wehrmacht, no habría tenido un puesto de autoridad en el ejército fuera del cuerpo médico.

Una carta de Lily

Muchas gracias por leer *El secreto de la librera de París*. Espero de verdad que lo hayas disfrutado. París siempre ha ocupado un lugar especial en mi corazón, y durante mucho tiempo me ha fascinado su historia, su luz, su oscuridad, su belleza y en especial su capacidad para soportar tantas cosas. Si te gusta esta novela, te agradecería mucho que dejases una reseña: ¡eso ayuda enormemente a correr la voz!

Si quieres estar al día de todos mis últimos lanzamientos, solo debes registrarte en el siguiente enlace. Tu dirección de correo electrónico nunca será compartida y puedes darte de baja en cualquier momento.

www.bookouture.com/lily-graham

Me encanta saber de mis lectores: puedes ponerte en contacto conmigo a través de mi página de Facebook, Twitter, Goodreads o mi página web.

Muchas gracias,

Lily

LilyRoseGrahamAutor
@lilygrahambooks
www.lilygraham.net

Agradecimientos

Gracias, como siempre, a mi increíble editora, Lydia Vassar-Smith, cuya perspicacia y entusiasmo por este libro hicieron que fuera un placer escribirlo. No podría haberlo hecho sin ti.

Gracias a mi marido, Rui, por ser tan paciente y tener siempre un plan en mente cuando estoy agobiada y convencida de que he perdido mi capacidad para escribir. A mamá y papá, y a todo el clan Bradley y Valente, por todo su apoyo y sus ánimos.

Y también al fabuloso equipo de Bookouture: Kim Nash, Alexandra Holmes, Natalie Butlin y el resto de la brillante pandilla, por ir siempre un poco más allá.

Muchas gracias también a mis queridos lectores, que hacen que este sea el mejor trabajo del mundo.

Por supuesto, todos los errores son míos.

Índice